HESHIMA

Les dix rocs du respect

Laurent Lubulu

HESHIMA

Les dix rocs du respect

roman

Préface de Jacques MUKONGA SEFU

L'Harmattan
Sénégal

10 VDN, Sicap Amitié 3, Lotissement Cité Police, DAKAR

http://www.senharmattan.com
direction@senharmattan.com
commandes@senharmattan.com

ISBN : 978-2-336-42844-4
EAN : 9782336428444

DÉDICACE

Aux enfants d'ici et d'ailleurs qui gardent le feu de l'espérance.

Aux femmes d'ici et d'ailleurs qui conservent le feu de l'amour.

Aux hommes d'ici et d'ailleurs qui maintiennent le feu de la foi.

REMERCIEMENTS

Je te remercie Tammy, ma meilleure amie et compagne, pour ta confiance et pour avoir cru en ce projet.

Je dis merci à Monseigneur Jean-Pierre Kabwende pour le temps précieux qu'il a daigné passer avec moi et ma famille. Nos conversations ont ennobli ce projet.

Merci infiniment à Maître Jacques Mukonga, mon très cher ami et frère, pour ta vie si inspirante et pour avoir accepté de relire ce texte et lui donner ainsi des saveurs d'autrefois.

Merci à mes parents pour m'avoir élevé dans le respect et la compassion. Un merci spécial pour mon père, Bruno Lubulu, parti tôt cette année avant cette parution.

PRÉFACE

- Jacques, la joie du maître, c'est de voir son disciple devenir plus grand que lui. Voilà ce que me dit, pour me rassurer, l'auteur de ce livre, aussitôt qu'il repéra chez moi comme une once de gêne au moment de répondre à l'immense honneur inattendu qu'il me faisait en me priant de le préfacer. J'en fus ému. Très ému. Comment, d'ailleurs, n'aurais-je pas été ému de voir Laurent Lubulu à qui je dois tant (tout ?), ainsi daigner descendre jusqu'à moi, alors qu'ayant vécu et travaillé dans une vingtaine de pays à travers le monde, il a dû certainement rencontrer tant et tant de gens dont le mérite aurait mieux justifié qu'il leur soit réservé un tel insigne honneur ? De tout cela je ne saurais jamais le remercier assez.

Venons-en au sujet, et parlons du livre et de son auteur.

L'auteur, d'abord. Laurent Lubulu fut notre Recteur au Petit Séminaire Pie XII, et notre Professeur de lettres au Collège Mwangaza, à Kalemie, en République Démocratique du Congo, au début des années 2000. Au-delà de sa rigueur (pas rigide mais souple), au-delà de sa maîtrise épatante du fond de ses enseignements, au-delà de sa piété si prégnante, c'est surtout sa joie de vivre qui, à titre personnel, me marqua profondément. La joie de vivre ! Cette manière de célébrer la vie dans tous ses plis avec enthousiasme, ferveur et chaleur humaine. Oui, de notre salle d'étude du petit séminaire, nous pouvions entendre des éclats de rire avec transports de l'autre côté du réfectoire des prêtres, nos formateurs – surtout son rire à lui si vif. Fait banal mais déjà suffisant pour nous persuader que des prêtres heureux, n'affichant pas cette tête d'enterrement que réprouve le Pape François dans son encyclique *La joie de l'Evangile*, oui, que des prêtres épanouis, ça pouvait exister. Eux l'étaient. Malgré tout. Malgré la grisaille d'un diocèse économiquement essoufflé et exsangue. Or, nous savons, depuis Saint Thomas d'Aquin, que « *même la foi a besoin d'un minimum de confort pour se maintenir* ». Mais n'allons pas plus loin.

Et donc, pour des petits séminaristes que nous étions, Laurent n'était pas qu'une parole qui communiquait : il était surtout une parole qui faisait naître. Un éducateur qui mettait du feu en nos cœurs pour nous voir briller de toutes nos qualités et de tous nos talents. Laurent recteur, notre maison-séminaire devait luire de propreté. « *La propreté est la priorité des priorités* », décréta-t-il cette année-là. Désormais, notre verdeur fut engagée à la verdure : nous plantâmes du gazon, des fleurs partout, et Laurent fit aménager une belle terrasse pour les formateurs. Nous tenions à vivre dans un environnement sain comme il sied aux enfants de Dieu. J'étais alors responsable des toilettes. Et un lundi, au cours d'une de ces causeries morales du soir, le recteur me félicita vivement : « *On peut manger dans ces toilettes-là* », lâcha-t-il pour souligner qu'elles étaient permanemment nettement tenues. Outre tout cela, Laurent initia même un cours de savoir-vivre. J'y appris qu'on devait rincer sa bouche de la gencive vers la dent, qu'il fallait éviter des couleurs trop vives dans son accoutrement, et tutti quanti. Dieu ! Comme j'aurais tant à dire de ces années-Laurent ! Mais ce sera pour conclure que ce maître nous aura tôt initiés aux vertus humaines simples qui permettent de vivre le royaume de Dieu dès ici-bas, dans la beauté et la paix sur la terre. Je témoigne que grâce à cette initiation fondamentale, je suis devenu – comme bien d'autres de mes amis- un homme utile et heureux.

Parlons du livre. *HESHIMA. Les dix Rocs du Respect.* Dans le Kiswahili, la langue maternelle de l'auteur parlée en RDC, HESHIMA signifie RESPECT. Et c'est le sujet du livre, LE RESPECT. En effet, Laurent Lubulu dont j'ai signalé la ferveur de vivre, se révèle, ici, un penseur du ''vivre'' et du ''vivre-ensemble''. C'est dire qu'il ne se contente pas seulement de mener sa vie ou de se laisser vivre, non : il demeure encore préoccupé par la vie des gens, notre vie à tous dont le bonheur se trouve si souvent, hélas, miné par le cancer du mal. Le mal, ce sont ces terribles guerres imbéciles qui ont déchiré le Congo RD, son pays d'origine. Ces guerres dont il a gardé des séquelles dans sa mémoire à jamais hantée par le souvenir d'un tas de cadavres en lambeaux, des chairs d'hommes pourrissant sous le soleil sur une clairière au beau milieu du bois. Des morts sans sépulture. Le mal, c'est la méchanceté des dirigeants africains qui n'ont guère cure de l'épanouissement de leurs peuples. L'égoïsme lâche de ces propriétaires de la politique politicienne donne envie de vomir. Le mal, c'est la xénophobie débile de certains africains à l'égard d'autres peuples d'Afrique-noire. Dieu ne sait pourquoi. Le mal, c'est l'ignoble assassinat de Georges Floyd qui rappelle l'urgence de la question raciale aux Etats-Unis. Le tableau est sombre. Au total, l'époque, la nôtre, qui aurait dû être la plus heureuse à cause des progrès de la technique et des sciences, se révèle un cauchemar parce que le cœur de l'homme, lui, n'a pas progressé sur l'élan de la bonté ; au contraire, il s'est endurci, frustré par les inégalités sociales, l'insolence des riches et même par ses propres illusions, ses propres mirages d'un bonheur sans repères moraux et sans… Dieu.

Que faire ? Face à ce mal, à ce mal-être de nos sociétés de consommation qui mesurent la valeur des êtres au poids de l'or, Laurent nous propose un remède : LE RESPECT. Il prophétise une civilisation bâtie sur le RESPECT des uns envers les autres. Tout simplement. Veux-tu voir advenir un monde meilleur demain ? Alors RESPECTE-TOI ; REDOUBLE DE RESPECT POUR L'INCONNU ; TRIPLE DE RESPECT POUR CELUI QUI TE RESPECTE ; QUADRUPLE DE RESPECT POUR CELUI QUI NE TE RESPECTE PAS. Voilà décliné le respect en ses quatre dimensions. Cependant, à l'analyse, de toutes ces quatre dimensions, la dernière parait paradoxale. Comment quadrupler de respect pour celui qui ne me respecte pas ? - Eh bien, répond Laurent, parce que ce sera le seul moyen d'arrêter le mal à sa racine, et d'éviter qu'il se répande. Il faut respecter tout homme, car tout homme est une histoire sacrée. Car, comme dirait Hugo, « *tout homme est un livre dans lequel Dieu lui-même écrit* ».

Une inquiétude demeure. En effet, à dire vrai, LE RESPECT comme seul remède au mal profond qui ronge l'humanité, cela paraît d'une trivialité décevante. C'est vrai. On sait que pour certains malades, la potion la plus efficace doit être la plus amère. La médecine qui fait mal rassure. Aussi, en fait d'idées et de philosophies, la tendance est à la sophistication des concepts, les idées compliquées ayant la présomption d'être profondes. Mais Laurent nous rappelle, si besoin en était encore, que les grandes révolutions sont souvent issues d'idées simples. Jésus avait tout fondé sur le truisme de l'amour. Laurent veut placer, replacer le RESPECT au centre de tout. Rien n'est plus puissant qu'une idée simple.

Enfin, voilà tout. Père de famille désormais, ce ne sera plus du haut de la chaire que Laurent exhortera les hommes à la vertu, à la bonté du cœur, à la compassion et aux béatitudes, mais plutôt dans l'intimité d'un livre.

Laurent vient d'entonner l'hymne au respect. Il attend que le grand Chœur de l'humanité tout entière en reprenne à l'unisson la ritournelle. Alors, tous verront l'horizon s'éclaircir. Essayons le pouvoir du RESPECT.

Jacques MUKONGA SEFU
Avocat

PRÉLUDE

Un livre pour la paix

"C'est la onzième heure et il se fait tard. Il y a urgence. Donnez-nous vite un nouveau vent et nous vous donnerons une mer apaisée. Donnez-nous de nouvelles familles et nous vous donnerons un nouveau monde". C'est la voix du héraut fatigué qui passe et qui ne reviendra plus.

Comme un cancer, le mal se conçoit, il naît, grandit et se propage. Sa métastase finit toujours par tuer. Comme un cancer aussi, si ce mal est pris en charge très tôt, comme une urgence, il est très souvent contenu et peut même parfois être transformé en bien. Si nous pouvons considérer le mal et la violence qui sévissent actuellement dans notre monde comme une urgence et que, comme un seul homme, nous décidions d'essayer une approche alternative, nous pourrions et allons décidément construire ensemble un monde meilleur. Et si ce mal a atteint et a commencé à détruire la famille, il nous faut alors réagir vite.

Ce livre est ma contribution pour la paix dans le monde, pour la paix dans nos familles, pour la paix dans nos couples, pour la paix dans nos lieux de travail. Le message central de ce livre est le respect, le respect pour soi et le respect pour les autres. Je propose le respect comme ultime antidote au mal qui ronge notre société. Je le propose surtout pour guérir nos familles, ce lieu sacré où sont élevés et préparés les hommes et les femmes de demain. J'ai choisi des mots simples pour écrire. Je laisserai mon coeur parler. Mes mots et mes sentiments sont là et n'ont pas besoin d'être habillés.

J'avais toujours voulu écrire ce livre. Ce projet est vieux. J'ai gardé des notes pendant des années. Je n'arrivais toujours pas à établir un squelette pour ce livre. Je voulais un livre dans lequel je me livre, mais aussi un livre qui délivre toute personne qui se livre à sa lecture. Je voulais une histoire simple et belle. Une histoire dans laquelle je raconte ce que j'ai vu, ce que j'ai entendu et ce que j'ai eu la bénédiction de faire avec ma vie. Une histoire dans laquelle je parle de ce qu'on m'a dit, de ce qu'on m'a fait et de ce qu'on a fait pour moi. Une histoire dans laquelle je parle de ce que la vie a été pour moi au cours de ces cinq dernières décennies. Une histoire sacrée. Une histoire dans laquelle je parle des hommes et des femmes qui ont marqué ma vie de leurs sceaux indélébiles, et dans laquelle je montre surtout comment Dieu m'a béni -une fois pour toutes- et comment Il m'a guidé tout le long du chemin. Un livre à travers lequel mon coeur livrera mes diverses expériences autour du monde, des blessures subies et guéries, des pardons offerts et reçus, des rendez-vous manqués et réussis. Une biographie? Je dirais surtout un livre pour la paix. Je souhaite que certaines pages de ce livre soient enseignées aux enfants dans les villages et les villes, et que nous puissions ensemble bâtir une nouvelle société fondée sur le respect de la vie, le respect de notre planète, le respect de soi et le respect les uns des autres pour garantir une harmonie durable dans nos communautés.

Ce que je vais livrer dans ces pages peut choquer, énerver, révolter, réveiller, déranger, faire rire et titiller, faire trembler ou pleurer. Certaines anecdotes que je vais livrer ici peuvent par moments être difficiles à croire. C'est pourquoi j'ai décidé d'écrire.

J'avais tout pour le faire. J'avais tout pour écrire ce livre, depuis très longtemps d'ailleurs. Les anecdotes étaient là dans ma tête et dans mon coeur, et certaines de mes idées étaient déjà mises par écrit mais soigneusement posées dans mes tiroirs d'où je les tirais de temps à autres pour les relire à mes heures perdues. Cependant, je manquais quelque chose, une chose pour déclencher, pour commencer. Le premier événement déclencheur avait eu lieu au Congo en 1998. Ceux qui me connaissent, connaissent cette histoire. Je vais la raconter aussi à travers ces pages. Un événement traumatisant qui m'a hanté et m'a amené à m'interroger longuement et longtemps sur le respect pour la vie humaine. Un événement qui m'avait d'abord profondément souillé mais qui par la suite m'a dilaté le coeur et ouvert mes yeux sur d'autres dimensions. Un événement qui m'a mystérieusement permis de commencer à secrètement lire la souffrance des autres dans leurs yeux. Un premier clin d'oeil.

Cependant, ce sont les événements qui ont secoué les Etats-Unis en mai et juin 2020 qui ont sonné l'alarme ultime. La tragédie de septembre 1998 couplée au drame de 2020 ont été comme une épiphanie. Après vingt-deux ans de souffrance, vingt-deux ans de désarroi, après vingt-deux ans de prière et de recherche de sens, tout était subitement clarifié en mai 2020. En un clin d'oeil, le doute était dissipé. Près d'un an de pause et de méditation entre les quatre murs de ma maison m'a ouvert les yeux; je suis parvenu à lier les pièces de mon puzzle intérieur et j'ai enfin clairement compris le message que je devais transmettre. Un message pour le respect de l'homme, un message pour bâtir et garantir la paix entre nous. Nous pouvons tout avoir, nous pouvons tout savoir. Mais si nous ne savons nous respecter et respecter les autres, tout perd de sa valeur et il n'y a rien de solide que nous puissions construire ensemble.

PREMIÈRE PARTIE

Le Poison De L'irrespect

CHAPITRE 1

Je suis né dans une petite ville au bord du lac Tanganyika. Il s'agit de la plus belle ville de la République Démocratique du Congo. Si vous avez la chance de vous y rendre, vous verrez bien que je n'exagère rien. La nourriture, le climat y sont incomparables. Merveille de la nature, Kalemie est une petite belle ville verte et montagneuse où presque tout le monde connaît presque tout le monde. Dernière gare ferroviaire située à l'Est de la province du Katanga au Sud-Est de l'ex-Zaïre, Kalemie, c'est aussi un grand port avec ses bateaux de pêche, ses paquebots et ses petites croisières sur Uvira et Bujumbura au Nord, la Tanzanie à l'Est, et la Zambie plus au Sud. Mais Kalemie, c'est également son aéroport situé au Nord de la ville, avec ses quelques vols en semaine sur les grandes villes du pays. Une autre chose unique pour Kalemie, c'est bien sûr la rivière Lukuga qui divise la ville en deux et dont les eaux proviennent presque miraculeusement du lac Tanganyika et vont discrètement se déverser plus au loin dans le majestueux fleuve Congo.

Grandir à Kalemie dans les années soixante-dix et quatre-vingts était un réel délice. Ses plages au sable fin, ses délicieux poissons, son lac et sa brise apaisante, la bibliothèque du quartier, le "Cercle", les terrains de foot et de tennis, la piscine communautaire, les belles écoles sur les collines de Lubuye surplombant la ville, les fruits, les gros arbres aux ombrages rafraichissants, les petits *"soko"* (petits marchés de quartier), etc. Autant de petits bonheurs gratuits qui donnaient à la vie un goût simple et décontracté.

Si grandir à Kalemie était si simple et décontracté, c'est surtout grâce à la qualité des relations entre les habitants à l'époque. La gentillesse, le sourire aux lèvres étaient si fréquents que rencontrer une personne au visage renfrogné ou même l'impolitesse anodine d'un petit garçon dans la rue étaient considérés comme des manquements graves. Mais l'une des valeurs majeures de la culture kalémiarde c'était essentiellement le respect. Respect des uns pour les autres. Respect pour les aînés, les personnes âgées. Respect pour les mamans. Respect pour les étrangers. Respect pour les enfants. Respect pour les morts. Respect pour tous. Nous subissions une dictature atroce et impitoyable, mais ce respect entre nous était comme notre refuge sacré.

Aujourd'hui, après avoir vécu des expériences diverses et variées dans plusieurs continents et des dizaines de pays à travers le monde, il m'a paru nécessaire de revenir et revisiter cette valeur. Il m'a paru urgent de proposer une autre approche par rapport au respect. Une approche unique. Une approche simple. Elle vient d'une petite tribu dans la savane congolaise, les Bakalanga. Il s'agit du respect tel que vu par ma mère et ses ancêtres du village de Kulewa, à l'Est de la République Démocratique du Congo. Cette valeur, j'avais eu le privilège de la présenter en France il y a une dizaine d'années. Il était temps que je mette cette révélation par écrit pour que le monde entier en profite. Je sais, la paix sociale et la paix tout court en dépendent. Je sais que si nous vivons ce respect en vérité, nous allons indubitablement libérer des énergies jusque là insoupçonnées, et nous allons redonner du goût à la vie dans nos familles et dans toutes nos relations. Je le sais parce que j'essaie de le vivre au quotidien. La paix et la joie que j'en reçois sont sans prix.

Les dix pierres du respect

Quand j'avais six ans, un samedi soir pluvieux de novembre, ma mère m'a appelé et m'a demandé de la suivre seul dans la cuisine. Sa cuisine. Car il y en avait deux. La sienne et celle de l'autre compagne de mon père, sa co-épouse. Je suis le dernier-né d'une fratrie de neuf; et mon père avait eu onze autres enfants de son union avec sa seconde femme. Un total de vingt enfants vivant dans une harmonie relative dans une même enceinte. Une véritable école de la paix et du sacrifice, un véritable centre initiatique de respect mutuel et de partage.

Je jouais donc avec mes petits soldats en plastique et mes petits véhicules en bois ce soir-là. Mes frères, mes soeurs et mes autres cousins quant à eux, étaient les uns dans leurs chambres à jouer ou à lire, les autres au salon à parler ou écouter la radio. *Africa Numéro Un* pour la musique, les nouvelles et surtout une émission tardive appelée *"Aventure Mystérieuse"*, ou alors *Radio France Internationale* pour les nouvelles, le sport et les reportages. Ces deux stations de radio francophones étaient un must. Mon père et mes grand frères étaient convaincus qu'écouter les nouvelles et les émissions sur ces chaines de radio amélioreraient magiquement notre diction en langue française. Plus on écouterait, mieux on parlerait. Mon père ajoutait même que plus on lirait, mieux on écrirait. Un vrai credo. Une religion. Il avait raison.

J'ai donc suivi ma mère dans la cuisine. C'était une pièce de quatre mètres sur cinq située à l'extérieur de la maison principale. Les deux bâtiments se regardaient. C'était une *"boyerie"*, avec quatre portes, quatre pièces -et sa cuisine en était une. Une boyerie? C'est quoi, une boyerie? Il s'agit d'une petite maison réservée au boy (domestique indigène) que les colons construisaient derrière chaque résidence. Héritée des Belges, celle-ci est une pratique fréquente au Congo. Comme nous n'avions pas de domestiques, deux de ces quatre pièces servaient de cuisines et les deux autres servaient de chambres pour les grands garçons.

Quand ma mère appelait ses enfants dans la cuisine, c'était souvent pour l'aider aux tâches ménagères: laver les assiettes, ranger ses ustensiles sur les hautes étagères, ou parfois l'aider à soulever quelque chose d'un peu lourd. Comme toutes les femmes de mon pays, ma mère avait des journées chargées, remplies d'activités physiques et des marches à pied. Elle avait un champ de manioc à une vingtaine de kilomètres de la ville où elle allait presque tous les jours. Elle en retournait souvent tard, éreintée, portant sur sa tête un lourd bassin rempli de bois de chauffage, de manioc et de légumes. Et quand elle arrivait à la maison, c'était toujours la joie pour nous. Nous courions l'accueillir. Étant le plus jeune de la fratrie, j'arrivais toujours le premier et me collais à son pagne. Quelques gouttes de ses sueurs tombaient sur moi. Elle ne disait rien. Elle s'agenouillait doucement et nous l'aidions à descendre le bassin et à en décharger le contenu. Elle s'asseyait quelques minutes, buvait un verre d'eau de sa cruche, racontait une scène qu'elle avait vue en route, et elle se mettait tout de suite à préparer le dîner pour ses enfants. Les enfants de cette femme forte et travailleuse sont devenus Architecte, Diplomate, Juge, Avocat, Psychiatre, Prêtre, Ingénieur, Professeur, pères et mères de familles. Ils ont traversé des océans et ont la renommée auprès de beaucoup. Ils n'oublieront jamais ces repas simples à base de feuilles de manioc et de poissons qu'ils partageaient dans la même assiette avec joie. Ils n'oublieront jamais la saveur et la fraicheur de l'eau de la cruche qu'ils buvaient avec le même pot. Ils n'oublieront jamais ce que cette femme au visage tatoué a enduré pour eux pendant des années. Jamais.

Ce soir-là, l'heure du dîner étant passée, mes soeurs ayant fait la vaisselle, mes frères ayant tout ramassé et tout rangé, il y avait sans doute une autre raison pour laquelle j'étais convoqué. Mais laquelle? Avais-je fait quelque chose de mauvais? Allais-je être puni? C'est autant de questions que n'importe quel enfant se poserait lorsque ses parents l'appellent, surtout lorsqu'il n'y a pas de raison évidente d'être appelé comme ça, seul, en début de soirée, alors que tout le monde vaque à ses occupations vespérales. En quelques secondes, je passai en revue ma journée et ne trouvai rien de suspect.

J'entrai donc dans la cuisine avec ma mère. Elle alluma l'ampoule. Une lumière jaunâtre illumina la petite pièce propre et aux odeurs récentes d'un savoureux dîner qui venait à peine d'être conclu. Un dîner aux feuilles de manioc cuites à l'huile de palme avec les petits poissons appelés *"Ndakala"*. Un menu simple et délicieux dont nous raffolions et qui aujourd'hui nous manque.

-Assieds-toi, dit-elle d'une voix presque souriante mais avec cette autorité des femmes du terroir. Pourquoi es-tu nerveux?

Je ne répondis pas. Je m'exécutai et trouvai une petite chaise non loin de la porte. Ma mère resta debout. Immobile. Puis, elle toucha son pagne de *kitenge* par le flanc, et de la partie supérieure du pagne, près des reins, elle retira un petit colis en tissu. Les femmes d'un certain âge dans cette partie du monde utilisaient un tissu long et à largeur plutôt pas trop grande, et elles y mettaient leur argent ou certains objets de valeur. Elles enroulaient ensuite le tissu comme une ceinture autour des reins, et le recouvraient avec le pagne principal.

Elle s'assit et ouvrit donc le tissu. Quelques petits cailloux en sortirent. Six ? Peut-être sept? Je ne sais pas. Deux tombèrent par terre, et je m'empressai de les ramasser et les lui donnai. Puis elle me demanda d'ouvrir mes petites mains. Elle y posa les cailloux, et elle m'ordonna de les compter pour elle. Un... deux... trois... quatre... cinq... six... sept... huit... neuf... et... dix. "Bravo", dit-elle.

Dix petits cailloux. A la cuisine. Un soir pluvieux. Ma mère et moi, seuls dans la pièce. Quelle signification? Que se passe-t-il? Quel mystère? J'allais le découvrir tout de suite.

Ma mère reprit les dix cailloux et les remit dans le tissu. Et tout d'un coup, elle prit un air solennel, sérieux. Je m'en souviens encore comme si c'était hier. Presqu'une minute de silence. Le suspense. Elle me regarda droit dans mes yeux. Mon coeur battait la chamade. Quelques autres secondes de silence. Puis elle ouvrit sa bouche. Une voix calme et feutrée en sortit et accompagna quelques mots qui brisèrent le silence:

-Mon fils, dit-elle, qu'as-tu fait ce matin? Pourquoi as-tu rendu le mal pour le mal? Mon coeur battait et mes yeux devinrent rouges. "Ce matin, continua-t-elle, j'ai vu comment tu as mal répondu au voisin lorsqu'il est venu à la porte.

-Mais, Mama, lui dis-je, il ne nous respecte pas, ce monsieur. Il est toujours là à nous importuner, et tu le sais, Mama.

Papa Kitabe était notre voisin de gauche. Il n'aimait pas que ses enfants jouent avec nous. Même si nos parents travaillaient pour la même compagnie et avaient le même salaire et les mêmes avantages sociaux liés à leur rang, notre voisin estimait que nous n'étions pas de la même classe sociale. Un personnage intrigant. Explication? Il avait vécu en Belgique autour des années Soixante, au lendemain des Indépendances, et y avait fait un stage d'un an. A son retour au pays après ce bref séjour, ce fut un Kitabe complètement métamorphosé, méconnaissable. De l'homme simple et sociable que ses collègues appréciaient, il devint arrogant, vantard et surtout condescendant. Son court séjour en Europe l'avait manifestement transformé. C'était à peine qu'il donnait le bout de ses doigts pour offrir une poignée de main. Et comme subitement tout le monde était devenu inférieur à lui, Kitabe protégeait ses enfants des autres gamins du voisinage. Il ne leur permettait que très rarement de jouer avec nous. Et même lorsque son autorisation avait été arrachée, c'est de la fenêtre de son salon qu'il épiait et s'assurait que sa progéniture n'était pas souillée par les petits sauvages que nous étions. Un classique de beaucoup des premiers Congolais "choisis" qui retournaient d'Europe à cette époque. Une attitude qui persiste encore de nos jours et qui confère une sorte d'ascendance tacite à toute personne ayant vécu en Occident qui retourne sur le continent. Pour tout dire, nous n'avions pas beaucoup d'affection pour cet "évolué".

Ce matin-là, en effet, Kitabe était venu par la porte principale de notre résidence pour demander à parler avec mon père. Un de ses enfants faisait de la fièvre. Seul infirmier dans le quartier, mon père était à tout moment sollicité pour des soins urgents. J'avais ouvert la porte étais tombé tombé nez à nez avec Monsieur Kitabe. Au lieu de l'écouter, j'avais balancé ma petite main en signe de mépris, comme si je chassais une mouche de ma vue. Et ma mère qui était à l'autre bout du couloir avait vu la scène. Elle s'était empressée de le saluer et alla illico appeler mon père. J'avais tout oublié.

- "Mama, repris-je, tu sais que Papa Kitabe ne permet même pas à ses enfants de jouer avec nous. Et pourquoi respecter un homme comme ça?".

Ma mère m'écouta sans rien dire; puis elle se courba et mit un caillou par terre. Elle pointa de son index le caillou et me dit: "Respecte-toi".

Ensuite elle sortit deux cailloux et les mit par terre. Elle pointa du doigt les deux cailloux, et elle dit: "Redouble de respect lorsque tu rencontres un inconnu".

Un silence de cimetière s'installa dans la cuisine. Je ne comprenais absolument rien. Ma mère ne me quittait pas des yeux. De l'étoffe, elle prit cette fois-là trois cailloux et les posa par terre. Me regardant droit dans les yeux, elle dit: "Triple de respect pour tout celui qui te respecte".

Après, elle se releva secoua l'étoffe et en sortit quatre autres cailloux, se recourba. Son genou gauche au sol, elle me regarda quelques secondes, secoua son poing, ouvrit sa main et mit soigneusement les quatre cailloux restants par terre. Elle les rangea soigneusement sur une ligne droite. Elle se racla la gorge deux ou trois fois, puis elle dit: "Ecoute ceci maintenant, mon petit enfant. Quadruple de respect envers celui qui ne te respecte pas".

Je grognais silencieusement de résistance et de désaccord, et ma mère le remarqua. Elle se rassit, à ma hauteur. Les dix cailloux nous séparaient. Quatre cailloux juste à mes pieds, puis trois, puis deux, et enfin un caillou près des orteils de ma mère. Rangés en forme de pyramide. Une longue conversation suivit. Je lui posai des questions pour comprendre ce qu'elle venait de me révéler et me faire voir ce soir-là. Pour elle, le respect était bien plus que le savoir-vivre ou même la politesse, ceux-ci n'en étant que des signes et non des garanties.

Quand je retournai dans la grande maison et rejoignis les autres frères, je n'étais plus le même. Une de mes soeurs, pensant que j'avais été appelé pour être réprimandé, me demanda si j'allais bien. Je lui répondis par un hochement vertical de ma tête. Elle ne me crut pas. Je partis dans ma chambre pour me coucher, mais c'est seulement deux longues heures plus tard que je pus fermer l'oeil. Je ressassai les paroles de ma mère ce soir-là, le soir d'après, et celui d'après. Je les comprends mieux seulement aujourd'hui et je les présente en détails ici dans les chapitres ultérieurs, dans la deuxième partie de ce volume.

Respecte-toi…

Redouble de respect devant l'inconnu…

Triple de respect pour celui qui te respecte…

Quadruple de respect pour celui qui ne te respecte pas…

CHAPITRE 2

Trente-deux ans de terreur et de violence

Mobutu avait régné en maître sanguinaire sur les plaines et les vallées du Zaïre. Un régime implacable dont les débuts furent à coup sûr mi-figue mi-raisin. Un régime de terreur qui tua, humilia, tortura et spolia, avec la bénédiction de beaucoup. Le Diable en personne avait visité le pays et y avait élu territoire. Trente-deux ans. Trente-deux ans de peur, de tyrannie, de destruction et -pour tout dire, trente-deux ans de perdus. Trente-deux ans irrécupérables. Il faudra sans nul doute plusieurs livres pour décrire ce que nous avons vu, entendu et vécu durant cette période. Difficile d'expliquer comment un jeune homme de trente ans pouvait maltraiter son propre peuple de la sorte alors qu'il avait lui-même vu et vécu comment les Belges avaient maltraité son peuple. On aurait espéré qu'il respectât son propre peuple ne serait-ce que par compassion, mais ce ne fut pas le cas. C'est curieux de constater que beaucoup de personnes qui ont eux-mêmes ployé sous la terreur et l'humiliation ont souvent tendance à infliger les mêmes tribulations aux autres.

Pour illustrer un peu la dérive de ce régime, laissez-moi vous raconter quelque chose qui nous est arrivé à moi et à l'un de mes frères une journée chaude et humide de 1987.

Mardi 24 février 1987

J'avais douze ans et demi et ce frère en avait quatorze. Nous étions une très grande famille. Sans compter ceux qui avaient déjà quitté le toit familial, nous étions une dizaine d'enfants, près de quatorze, presque tous en âge scolaire. Chaque jour, les matins comme les après-midis, c'était une petite caravane qui longeait les rues à pied, à l'aller comme au retour de l'école. Les matins, pour nous laver avant d'aller à l'école, nous entrions à deux ou à trois sous la même douche pour nous apprêter. Il n'y en avait qu'une. Le groupe des filles y allait d'abord, puis suivait et défilait celui des garçons, en cadence, à tour de rôle. Et comme nous n'avions qu'un seul lavabo, construit à l'extérieur, juste à côté de la douche, c'est à trois ou quatre que nous nous brossions les dents autour de ce lavabo, crachant la mousse de dentifrice, prenant de l'eau par nos mains et nettoyant nos brosses à dents à tour de rôle. Nous allions ensuite nous habiller en hâte, mettre nos uniformes bleu et blanc ou beige et blanc, prendre nos cahiers, manger un petit pain ou ingurgiter à toute vitesse une petite bouillie de maïs et partir illico. Toute cette scène quotidienne se passait sous la supervision de nos parents qui de leurs bouches encourageaient les plus rapides, haussaient la voix pour réprimander les récalcitrants ou séparaient certains d'entre nous qui se bagarraient parfois. Souvenirs inégalés.

Un beau matin, pendant que nous finissions nos petites ablutions matinales avant la classe, nous entendîmes des klaxons bruyants d'un gros camion immobilisé dans la rue à hauteur de chez nous. Notre maison était située à une cinquantaine de pas de l'avenue principale de la ville. Cette avenue traversait Kalemie de l'hôtel de ville jusqu'à son aérogare en passant par le centre-ville et les autres quartiers populaires. Nous habitions à quelques cinq kilomètres de l'aérogare.

Nous arrêtâmes de nous brosser les dents pour entendre ce qui se passait. Nous regardâmes vers la rue et aperçûmes un homme en uniforme militaire, debout à côté du camion. L'homme vociférait des paroles inaudibles. Le robinet coulait, le camion klaxonnait sans cesse, les nombreux passants parlaient entre eux, et c'était quasiment impossible de comprendre ce que ce soldat voulait nous dire au milieu de tout ce vacarme autour de nous.

Nous l'ignorâmes donc et continuâmes notre toilette. Moins d'une minute plus tard, je relevai la tête et je fus surpris de voir que c'est le même homme en uniforme qui marchait en ce moment-là vers nous à pas décidés, l'air visiblement agité et le visage froissé. Il avait ouvert le portail de l'enclos en fil de cuivre et se dirigeait maintenant vers notre maison. Que cherchait-il. Que se passait-il? De mes deux coudes, je fis signe à mes frères autour du lavabo. Tous se relevèrent étonnés et effrayés. Je jetai un regard furtif vers la rue. Tous les passants s'étaient arrêtés eux aussi et, figés, ils regardaient le soldat marcher vers nous. Tous étaient pétrifiés. Ils avaient tous l'air curieux mais aussi un peu inquiets. Ils étaient inquiets pour notre sort. Il est six heures trente.

Mon père qui se trouvait à l'autre bout de la cour, vint et s'arrêta net à côté du lavabo, juste entre nous et le visiteur en colère qui s'approchait. Mes parents s'empressèrent de le saluer.

-Bonjour. Qu'est-ce qu'on peut faire pour vous, Chef? dit mon père presque tremblant.

L'homme ne répondit rien. Il dépassa mon père et mit sa main moite sur mon avant-bras, me secoua deux ou trois fois sans rien dire, puis il prit un de mes frères avec son autre main. Il nous tira tous deux vers lui avec colère.

-Je vous appelle pour m'aider à pousser le camion qui est en panne, et vous vous me négligez, hein? Allez! Venez avec moi! L'homme était visiblement hors de lui.

Mon père et un autre de mes frères essayèrent de nous tirer vers eux, mais de ses bottes, le soldat arrêta mon frère et avec la crosse de sa Kalachnikov il frappa mon père qui tituba. Les passants et autres badauds gémirent de peur et d'impuissance. Le soldat nous tira jusqu'à la rue en hurlant des choses obscènes et nous appelant de tous les péjoratifs en *lingala* qu'il pouvait trouver. Lorsque nous arrivâmes auprès du camion, la foule s'amassa autour de nous. Je commençais curieusement à rire. Le soldat me regarda et me flanqua une gifle, puis une deuxième. La foule cria de plus belle. L'homme nous demanda de pousser le camion.

-Allez, poussez le camion, petits animaux!

-C'est quoi votre problème, Monsieur? lui demandai-je à haute voix. De toutes les personnes ici dans la rue, vous ne voyez que nous? Hein? Mais qu'est-ce que deux petits garçons vous ont fait? Vous n'avez qu'à demander à ces hommes musclés de vous aider, et votre problème sera résolu. Nous, nous sommes de simples élèves et nous sommes déjà en retard pour les cours.

A la fin de chacune de mes phrases, c'est toute la foule assemblée qui acquiesçait d'un cri commun. Je ne savais pas d'où me venaient ce courage et ces mots. C'est qu'il y a de petits moments dans la vie où le courage est la seule chose qu'il nous reste, je pense. Mon père, ma mère et tous mes autres frères étaient déjà tout autour, immobiles, impuissants, terrifiés. Mes soeurs sanglotaient. Je refusai de les regarder dans les yeux pour ne pas pleurer moi-même.

Le soldat et son chauffeur ne disaient plus rien. De la foule, un homme, la quarantaine révolue et la moustache sel-poivre soigneusement taillée, prit son courage et marcha vers notre soldat et parla une seconde avec lui à voix basse. Puis, de sa main gauche, il fit signe à huit autres hommes dans la foule qui s'approchèrent de lui sans tergiverser. Après un bref échange, ces hommes mirent leurs mains sur le camion, mais ils restèrent immobiles, attendant le signal du chauffeur. Le bruit de la foule avait cessé une minute, et le chauffeur sortit sa main gauche, il en souleva le pouce et tous les neuf hommes qui avaient répondu à l'appel poussèrent le camion qui s'alluma au premier essai, après juste quelques secondes. Les pousseurs s'arrêtèrent net. Une fumée noire, épaisse et nauséabonde accompagna quelques vrombissements secs du vieux véhicule. Le chauffeur sortit de nouveau son pouce gauche et le souleva en signe de satisfaction. Il joignit ensuite ses deux vieilles mains et tapa ses deux pommes deux ou trois fois en signe de remerciement. La foule applaudissait et lançait des cris de joie. Le soldat, lui, était resté immobile et insensible. Il jeta un regard confus vers la foule en liesse et, d'un mouvement brusque, il remit ses mains sales et humides sur mon frère et sur moi. Il nous poussa vers le camion enfumé et nous ordonna de monter derrière. Le camion avait démarré. N'est-ce pas ce qu'il voulait? Nous résistâmes autant que nous le pouvions, mais il était plus fort que nous et, en plus, il était armé. C'est donc sur les cris impuissants des hommes indignés et sur les pleurs des femmes inconsolables que le vieux camion vert foncé démarra et se dirigea vers le camp militaire naval qui se trouvait derrière le dispensaire Filtisaf. Construit par les Italiens, ce camp était un ensemble d'une centaine de maisons préfabriquées éparpillées par groupes de dix ou quinze sur de petites collines tout près du lac Tanganyika, derrière le dispensaire, entre le Camp des ouvriers au nord, le Quartier des cadres au sud et le village de Kahite à l'ouest.

Deux petits garçons venaient d'être arrêtés, incarcérés, enlevés, kidnappés par un soldat inconnu et éhonté qui les avait arrachés de leur famille dans l'irrespect total des droits, et les voilà qui se dirigeaient escortés vers un camp militaire. Incident surréaliste, mais tout à fait commun et fréquent durant cette période.

Du camion où nous étions perchés, le soldat s'étant assis entre nous deux, je regardai la foule qui restait et s'éloignait derrière nous, mais je ne pleurai pas. Après trois ou quatre longues minutes, le camion s'arrêta au premier poste de contrôle du camp militaire. Notre soldat descendit pour parler à deux jeunes autres soldats qui étaient de garde ce matin-là. Ces derniers déposèrent rapidement leurs armes sur un banc en piteux état, et ils se dirigèrent vers nous. Ils nous poussèrent hors du camion et, sans rien dire, ils nous passèrent les menottes. Les mains derrière mon dos, je regardai fixement l'un des deux jeunes soldats; une petite larme coula sur sa joue gauche. Il savait que ce qui se passait, ce qu'on lui demandait de faire, était inacceptable, mais il avait peur aussi. Il ne pouvait rien faire.

-Mon Capitaine, où voulez-vous qu'on les garde? demanda-t-il à l'homme qui venait de nous déposer, celui qui nous avait pris de chez nous.

-Mettez ces pauvres animaux au cachot, répondit-il en ajoutant quelques autres paroles grossières dans sa langue.

-À vos ordres, mon Capitaine!

Les deux soldats nous conduisirent au cachot. Un long bâtiment blanc en délabrement avancé situé tout à gauche du checkpoint. Le camion performa ses manoeuvres et fit un demi-tour, sortit complètement du camp, tourna à gauche et prit la direction de l'aéroport situé au nord de la ville. A bord du camion se trouvaient le chauffeur et le Capitaine. Nous entrâmes à l'intérieur du bâtiment. Le camp militaire étant le chemin emprunté pour l'école, nous passions devant ce bâtiment chaque jour à l'aller comme au retour. Jamais je ne l'avais soupçonné.

Une odeur répugnante nous accueillit, provenant des premières cellules inoccupées qui se trouvaient de part et d'autre du long couloir poussiéreux. On pouvait y voir des excréments humains asséchés, des traces de liquides jaunâtres et des obscénités de tout genre dessinées ou alors carrément griffonnées sur les murs. Ça et là, on pouvait voir quelques traces de sang sur les murs et sur le sol. Des tortures y étaient donc sûrement opérées assez souvent. Je regardai mon frère et nos yeux se croisèrent. Je commençai à prendre conscience de ce qui nous arrivait et du supplice qui allait peu-être être le nôtre dans les minutes et les heures à venir. Quinze minutes plus tôt, nous étions chez nous, vaquant à nos occupations matinales habituelles, chantonnant, jouant avec de l'eau, nous apprêtant à notre journée d'élève. "Pas de maths, pas de techno, pas d'anglais, pas de devoirs. Nous ne serons pas à l'école aujourd'hui. Mes amis savaient-ils ce qui nous arrivait? Qu'est-ce que ma mère pensait? Etait-elle en train de pleurer? Et nos autres frères et soeurs, allaient-ils se rendre à l'école?" Autant de questions et bien d'autres me tourmentaient.

Nous arrivâmes à la quatrième cellule.

-Mettons-les ici, dit l'un des deux soldats, celui qui avait pleuré.

-OK. On peut les mettre ici, répond l'autre. Ça leur apprendra à respecter les militaires. Il nous lança un regard terrifiant. Ses yeux rouges et sombres signalaient qu'il avait soit passé une nuit blanche ou bien qu'il était en état d'ébriété. Ou bien les deux. L'odeur de l'alcool local qui sortait de la bouche d'un jeune marin de garde à cette heure matinale me fit penser à la possibilité des deux.

-Entrez et asseyez-vous ici, dit le premier soldat, nous évitant de ses yeux. Il pointa le cadre béant de la porte qui n'y était plus.

L'autre soldat mit ses mains sur l'épaule de mon frère et, de tout son poids, le fit s'asseoir par terre. Il fit de même avec moi. Tous deux quittèrent la cellule et sortirent du bâtiment.

Nous sommes à même le sol, les jambes allongées par terre, le dos et les mains menottées touchant le mur froid et humide. Nous sécouons nos têtes. Il est sept heures du matin. Nous entendons un groupe d'élèves passer devant le cachot, puis un autre groupe. Puis plus rien. Plus aucun bruit. Il est sept heures presque trente. C'est l'ouverture des classes dans les écoles. Que font deux enfants dans une maison de torture un mardi matin?

Nous restâmes dans la cellule pendant six heures. Huit heures... Neuf heures... Dix heures... Onze heures... Midi... Treize heures... Pieds nus, sans eau à boire ni nourriture ni toilette. Côte à côte, nous restâmes assis dans la même position pendant six heures, nous étirant autant que nous le pouvions, nous réconfortant l'un l'autre autant que nous le pouvions, attendant dans la crainte et la soumission un verdict inconnu de la part d'un Capitaine fou de rage. Deux enfants innocents sont gardés dans une cellule immonde par deux soldats ivres et armés.

Vers Treize heures, nous entendons des pas et quelques personnes parler dans le couloir. Il sont sans doute trois ou quatre. Ils parlent lingala et français. Les pas s'approchent. Des pas de bottes. Mon coeur bat. Mon frère me regarde. Faute de nous toucher les mains pour nous réconforter, nous faisons nous toucher les épaules et les têtes pour quelques secondes.

-Où sont ces deux petits salauds? dit une voix agressive.

-Ils sont ici, Commandant! dit une autre voix, plus familière.

Deux silhouettes apparaissent dans le cadre de la porte. Uniformes propres, bâtons aux mains, revolvers sur le flanc, lunettes fumées, peaux déteintes, ils nous regardent dédaigneusement, puis ils regardent derrière eux. L'un des jeunes marins, celui aux yeux rouges, se tenait debout, juste derrière les deux nouveaux venus, dans le couloir.

-C'est ça donc? lui demande l'un des deux en pointant vers nous avec son index. L'autre marin acquiesce avec sa tête.

Les deux soldats -trente-cinq ans, pas plus- enlèvent leurs lunettes noires, ils se retournent et nous dévisagent longuement. On peut lire sur leurs visages un mélange de colère, de dédain, de déception et de peine. L'un d'eux plante son bâton sur ma tête et appuie avec force. Des larmes coulent de mes yeux. L'autre soldat entre. Il me tire du sol par le col de ma chemise et il fait de même avec mon frère.

-Laurent, ça va aller, me dit David.

Nous sommes debout devant les trois militaires.

-Venez! Aujourd'hui c'est votre dernier jour. Suivez-nous, dit l'un des soldats après avoir remis ses lunettes sur lui. Les deux sont devant nous. Nous les suivons, et l'autre soldat aux yeux rouges est derrière nous.

Nous marchons lentement dans le couloir et nous nous dirigeons vers la porte de sortie. Mes articulations font mal et une crampe s'annonce à mon tibia droit. Je fais semblant de l'ignorer. Le silence est des cimetière. Nous atteignons le seuil, et la lumière du milieu du jour m'éblouit un moment. Au loin à ma gauche, j'aperçois difficilement un premier groupe d'élèves retournant de l'école. Mes pieds nus brûlent dans les cailloux. Une vieille camionnette verte nous attend dehors avec au volant le même chauffeur du matin. Quelle augure? Où allons-nous cette fois-ci?

On nous fait monter de force dans la camionnette qui démarre sans tarder. Les deux soldats sont assis à nos côtés. Bouches cousues, ils ne nous adressent aucune parole. Nous quittons le camp, tournons à gauche à la toute première intersection, et la camionnette s'engage à vive allure sur la route de l'aérodrome. Le lac houleux renvoie vers nous des vents violents. Je jette un oeil pour voir l'enceinte de notre maison. Je peux apercevoir notre clôture et quelques manguiers au loin. Je peux voir la toiture de la maison pour quelques secondes. Puis, je ne vois plus rien.

Après le pont de la rivière Lubuye, la vieille petite route bitumée nous conduisit jusqu'à la petite aérogare située au nord de la ville. Nous passâmes devant le Camp des ouvriers de la Filtisaf, puis les deux quartiers musulmans. Nous traversâmes ensuite le pont de la rivière Rugumba et arrivâmes enfin devant le bâtiment vétuste de l'aérogare où la camionnette s'arrêta brutalement.

Les deux soldats nous soulevèrent et nous sortirent de la camionnette vrombissante. Ils nous tinrent par nos chemises et nous tirèrent par force. Nous marchâmes devant quelques vieux dépôts et hangars insalubres, puis nous abordâmes une partie du tarmac et atteignîmes enfin une brousse tout près de la piste de décollage. Les deux militaires parlèrent entre eux un petit moment, puis l'un d'eux sortit une corde de sa poche, il se courba et attacha la corde à mon pied droit et ensuite il enroula l'autre bout de la corde sur la jambe gauche de David. Les deux soldats nous attrapèrent par nos bras et nous jetèrent ligotés et liés par nos jambes dans un des trous qui se trouvaient là. Des trous d'au moins deux mètres de profondeur. Je touchais le fond le premier et David tomba sur moi. Nos visages suants prirent du sable qui colla à nos joues et entra dans nos yeux et nos narines. Nous nous secouâmes autant que nous le pouvions. Il y faisait une chaleur insupportable. Une légion de bestioles de toutes sortes volaient autour de nos têtes nous importunant déjà à peine que nous arrivions dans leur territoire. Ce calvaire durera plus de trois heures. Qu'avaient fait deux enfants innocents pour qu'un soldat enragé les kidnappât un matin, les fît ensuite garder dans une cellule de torture par deux autres soldats ivres, et qu'il ordonnât de les jeter dans un trou en plein milieu de journée dans une brousse perdue près d'un aérogare sinistre hors de la ville, loin de leurs parents?

Nous sommes à deux dans le trou. Nous ne parlons pas. Nous sommes apeurés, épuisés, affamés et déshydratés. Mais moi, je suis surtout enragé. Je commence à me mettre en colère. En colère contre le système bien sûr, mais en colère contre tout le monde. Contre moi-même: pourquoi ai-je refusé de pousser le camion ce matin? Contre mes parents aussi: où étaient-il, déjà? Que faisaient-ils pendant que leurs progénitures croupissaient et s'éteignaient à petit feu? Contre la foule de ce matin: Des hommes et des femmes impuissants et incapables de tenir tête à un seul homme. C'est beau et facile de se plaindre, mais ne pouvaient-ils pas faire mieux? Pourquoi cautionner une bavure pareille infligée à des mineurs? Ensuite je me calme. Nous méritons bien nos dirigeants. Nous méritons ce que nous ne combattons pas, me dis-je à moi-même. Vérité d'hier, vérité d'aujourd'hui. Vérité d'ailleurs, vérité d'ici.

Le muezzin du quartier musulman annonce la prière. Il doit être dix-sept heures. Les tout premiers mots de l'après-midi s'échappent de ma bouche asséchée:

-Dave, hey Dave! Je pense que nous allons mourir ici dans ce trou.

-Tu penses? David parlait à peine. Sa voix était faible. Lui le plus fort de nous tous, lui qui soulevait des poids, lui que tout le monde craignait dans sa classe, il était en une seule journée devenu ce petit famélique méconnaissable et quasi évanoui.

-Mais tu sais la bonne nouvelle? Nous aurons su ce que tout le monde disait à propos des tortures ici autour de cet aérodrome et au camp marin. Ce n'était pas que des rumeurs. Quand nous verrons Dieu, peut-être ce soir, eh bien nous le Lui dirons parce nous l'aurions vu de nos propres yeux. Il sourit un peu, mais il ne pouvait plus produire aucun son. David était au bout de son souffle.

Ces histoires de tortures et d'assassinats, nous les entendions tout le temps. Elles étaient dites à voix basse par nos parents, elles étaient racontées en cachette. Des hommes disparaissaient sans trace. Tout le monde en ville le soupçonnait et en parlait. Certains hommes, chanceux, retournaient en ville après des semaines de disparition, mais avec des cicatrices sur leurs corps. C'était un sujet tabou. D'autres encore revenaient, mais ils n'étaient plus eux-mêmes. On le voyait, ils avaient été tabassés et torturés et avaient ensuite reçu l'ordre de ne rien raconter à personne ni même à leurs proches. "Si vous osez raconter ceci, pire vous arrivera, à vous et à votre famille", les avaient prévenus leurs tortionnaires. Ils étaient ainsi torturés deux fois; une fois dans leur chair, sur leur corps, et une deuxième fois toute leur vie, par le silence leur imposé. Ne demande rien, ne dit rien; c'était la devise tacite. Ce matin au cachot et cet après-midi ici dans cette tombe, nous en avions finalement la preuve.

Pendant que le muezzin récite ses prières, nous entendons soudain un bruit, comme un animal qui passe à travers les herbes tout autour de notre trou. De quelle direction ce bruit vient-il? Le bruit s'approche. Puis je vois du trou l'ombre de quelque chose qui bouge. Nos coeurs battent. C'est peut-être notre fin. L'ombre s'estompe et c'est une échelle qui apparaît, puis les deux soldats aux lunettes teintées se font voir.

-Oh non! Ils ne peuvent pas escalader. Ils sont ligotés et liés!, regrette l'un d'eux.

-Mais oui, salaud! Il faut qu'on te dise tout, lui répond sarcastiquement l'autre soldat. Tu ne l'as pas remarqué ce matin?

-Ah oui! soupire-t-il! Nous devons donc descendre et tirer ces sales chiens de ce trou.

Ils descendent l'échelle en bois en lançant des injures. Au lieu d'utiliser l'échelle, les deux hommes sautent plutôt dans le trou. Nous sommes quatre dans la tombe. Ils retournent nos corps maigres et essoufflés et dénouent les cordes de nos pieds. Je reçois deux gifles sur ma joue droite. L'autre soldat flanque quelques gifles à David et secoue violemment sa tête. Je serre mes dents, je m'interdis de pleurer. Je les laisse faire. Il n'y a plus rien à faire. Notre heure est arrivée. Vont-ils nous tirer dessus ou bien vont-ils d'abord nous torturer avant de nous exécuter? Je ne le sais pas.

Nous montons l'échelle et quittons le trou. Les deux soldats récupèrent l'échelle. Nous allons par la petite brousse, puis nous abordons un côté du tarmac. Mes jambes frêles titubent et mes mains tremblent. Les deux hommes nous encadrent, l'un à gauche et l'autre à notre droite. Je vois trois silhouettes au loin dans un des hangars. L'une est courte et ronde, la deuxième mince et grande. La troisième silhouette est grande et assez engraissée. Cette dernière laisse les deux autres dans le vieil hangar et s'avance vers nous. Sa main droite se soulève et nos deux soldats s'arrêtent simultanément. C'était un ordre. La silhouette continue sa marche vers nous. Une démarche décidée que procure une certaine autorité. C'était le Capitaine.

Il fait un geste sec de son index droit et les deux hommes en uniforme obtempèrent. Ils vont derrière nous et enlèvent aussitôt nos menottes. Puis, sans rien dire, le Capitaine fait demi-tour et se dirige de nouveau vers le hangar. Nous restons sur le tarmac et attendons. Je regarde mon frère et nous esquissons un clin d'oeil. Le Capitaine marche encore un peu et il atteint le hangar. Une intense conversation s'ensuit avec les deux silhouettes. Elle dure quelques minutes. Les gestes de leurs mains au loin signalent peut-être un désaccord. Il commence à faire un peu sombre.

-Ne dites à personne ce que vous avez vu aujourd'hui. Vous entendez? nous dit un des deux soldats en nous tournant les oreilles de ses grosses mains humides. Si vous racontez ça, vous allez voir.

Du hangar où il se trouve, le Capitaine soulève son bras gauche. Nos deux geôliers nous prennent par nos mains et nous tirent avec eux dans la direction du trio qui nous attend. Quand nous approchons du hangar, je distingue clairement mon père; un corps mince et grand, une peau ébène et des cheveux complètement gris. Il avait pu se changer ce matin mais n'avait pas eu le temps de se raser. Une colère et un brin de gêne sur son visage. Il me regarde, prend son mouchoir blanc de sa poche et se met à pleurer. À côté de lui, debout, se tenait Monsieur Kapata. Chauve et petit de taille, lunettes grises, *Abacost* gris taillé sur mesure, Monsieur Kapata était le représentant du Parti-Etat au sein de l'entreprise où travaillait mon père. Pour assurer sa main-mise sur le secteur des affaires au pays, Mobutu nommait et faisait installer des hommes de confiance dans chaque société nationale ou privée. La société logeait ces hommes et leur donnait le rang et le salaire de cadres, mais le rôle exact de ces hommes était plutôt opaque. Catholique pratiquante, la femme de Kapata était marraine de baptême de l'une de mes jeunes soeurs. Le voir ici avec mon père rassure. Cependant, que nous soyons restés au cachot puis ici pour toute une journée atteste que mon père a dû remuer ciel et terre pour en arriver là.

-Eduquez vos enfants au respect des agents de l'ordre, Monsieur Lubulu, dit le Capitaine en nous pointant avec sa main gauche. Vos enfants m'ont manqué de respect et m'ont snobé devant toute une foule de civils ce matin, continue-t-il. J'ai été humilié. Aujourd'hui je les laisse aller grâce à l'intervention de Monsieur Kapata. La prochaine fois, je serai implacable, croyez-moi.

-Merci Mon Capitaine, lui répond mon père.

Le Capitaine vide les lieux sans rien dire et se dirige vers un petit bureau à l'autre bout du hangar. Il y entre et n'en sort pas. David et moi allons autour de notre père et nous nous accrochons à ses jambes. Après cinq minutes d'attente, Monsieur Kapata décide de marcher vers ce petit bureau. Il échange quelques mots avec le Capitaine, puis il retourne dans le hangar et nous demande de le suivre dans sa voiture. Nous marchons derrière lui et embarquons dans sa Toyota neuve qui démarre. Silence de mort dans le véhicule.

Silence de mort à l'arrivée aussi. Toute la famille est dehors qui nous attend -qui nous a attendus toute la journée. Tous avaient les mêmes habits qu'ils avaient ce matin-là. Personne n'était donc allé à l'école, personne n'avait mangé. Un deuil. Pas de questions, pas de réponses.

Ma mère me donna un savon *Monganga* (un savon médical populaire de l'époque) et elle m'accompagna jusqu'à la douche. J'y entrai et y pris une douche froide. Je me frottai les cheveux ensablés et lavai mon petit corps en pleurant, en silence. Je sortis et allai dans ma chambre pour me peigner et m'habiller, en silence. Je demandai à ma mère de me préparer du thé rouge et je pris un morceau de beignet. Je racontai tout à ma mère, à mon père et à toute la fratrie. Tous les détails, je les leur rendis. Tous pleurèrent et se lamentèrent. Le lendemain matin, en allant à l'école, je passai devant le même cachot. J'y passerai tous les jours sans rien dire, pendant plus de six autres années. A chaque fois, je regarderai le couloir à travers la porte béante du bâtiment. Je saurai ce qui s'y passait, mais je ne dirai rien. Je prendrai aussi plusieurs vols par l'aérogare, pendant plusieurs années, sans rien dire. "Ne dis rien à personne, mon fils", m'avait prié ma mère le soir du drame. Et j'ai obéi pendant des années.

Cette histoire n'est pas unique. Elle n'est qu'une illustration infime du manque de respect, du mal multiforme que tout un peuple a vécu pendant des années, en silence. Des hommes froidement tués, des femmes violées, des enfants maltraités, des richesses spoliées, des innocents torturés, une justice bafouée. La vie des hommes, des femmes et des enfants désacralisée. Pendant trente-deux ans. En silence. *"Les larmes qui coulent sont amères, mais plus amères encore sont celles qui ne coulent pas"*, dit un proverbe gaélique.

CHAPITRE 3

Kabila

En 1996, un certain Laurent-Désiré Kabila sortit de nulle part et, avec une armée d'enfants, parvint à décapiter le régime éternel de Mobutu. Philosophe de formation, Kabila apposa sa signature sur une campagne militaire inédite qui mit fin à trois décennies de terreur et d'arrogance. Ce furent d'abord quelques escarmouches contre l'armée de Mobutu au début, puis suivit une série de trahisons et d'abandons au sein des forces armées zaïroises qui sonnèrent le glas. C'est comme un couteau dans du beurre ou mieux un fruit mûr au vent que tombait le vieux Maréchal au chapeau en peau de léopard. Une histoire, mieux une fable rocambolesque qui continue de fasciner les historiens et intriguer les tacticiens militaires.

La réalité rarement étalée dans cette fable c'est que ce Kabila mythique et naïf avait plutôt méticuleusement réussi à confectionner un réseau d'alliances avec des armées de tous bords, recrutant aussi bien dans les villages congolais que dans les pays voisins, mais allant parfois même jusqu'en Érythrée pour sceller des alliances militaires. Chefs de guerre, enfants désœuvrés, mercenaires impitoyables et autres tueurs à gages, commandos et forces spéciales des pays voisins, tous sont réquisitionnés. En bref, il s'agit d'un fourre-tout hétéroclite sans commandement centralisé et dans lequel tout le monde soupçonne tout le monde. Et tout ceci fut encadré soigneusement par une campagne psychologique dans les médias locaux et internationaux. La fin justifiait les moyens, avait pensé Kabila.

Lorsque Kabila prend le pouvoir, c'est une population (et aussi une partie de l'armée zaïroise) en liesse qui l'accueille à Kinshasa en mai 1997. Mobutu et ses sbires tombent comme un fruit mûr. Le Président *Fondateur* s'exile (et meurt un peu plus tard) au Maroc. Les rats sauvages quittent le bateau qui s'enfonce et ils trouvent refuge, qui dans les onze pays limitrophes, qui, chanceux, loin des terres d'Afrique. Un espoir semble renaître donc. Quelques changements sont visibles. Le pays change jusqu'à son nom, se rebaptisant et (re)devenant République *presque* Démocratique du Congo. Une nouvelle monnaie est imprimée, et une nouvelle fierté semble renaître et gagner les coeurs et les esprits de bon nombre. J'y étais, je l'ai vu, et je témoigne.

5 septembre 1998

Comme il fallait s'y attendre, ces alliances de circonstance conclues par Kabila pour renverser le régime de Mobutu ne tiennent pas longtemps. Le cheval de Troie n'est en fait qu'un château des cartes. Le nouveau maître de Kinshasa doit exiger abruptement le départ immédiat de ses alliés de la veille. Certains sont froidement exécutés lors de vindictes populaires télévisées. Curieusement et contre toute attente, ces alliés refusent de vider les lieux et, s'étant mystérieusement et rapidement transformés en force politique et militaire, ils entament une campagne médiatique et militaire sanglante pour détrôner le nouvel homme fort de Kinshasa qui vient soudain de leur tourner le dos. La guerre commence au printemps 1998. L'Est du pays est désormais sous le contrôle de ces "rebelles" qui reçoivent ordres, troupes et munitions des capitales voisines, notamment de Kigali, de Bujumbura et de Kampala. Ces "rebelles", ce sont aussi des soldats de tous bords; même une partie de l'ancienne armée de Mobutu les a rejoints en entrant par les frontières poreuses de l'Est et du Sud-Est du pays. Un large territoire échappe en un clin d'oeil au contrôle du gouvernement désabusé de Kinshasa. Et c'est un matin, aux petites heures, que Kalemie, ma ville natale, tombe dans les mains impitoyables de ces forces étrangères à l'été 1998. L'espoir suscité par Kabila n'aura donc été qu'un château en Espagne qui ne durera que treize mois à peine.

Les 3 et 4 septembre 1998, le gouvernement Kabila tente une reprise de la ville de Kalemie. Quelques bombardements aériens par l'armée congolaise précèdent l'assaut. Il y a plusieurs blessés, y compris des étudiants. J'habitais avec mes parents au quartier de la Filtisaf (Filature et Tissage Africains), une grande entreprise textile prospère mais qui était tombée en faillite à la fin des années quatre-vingt et dont les employés avaient conservé leurs résidences. Comme un peu partout dans les grandes villes du riche et beau Katanga, à l'instar de la Gécamines et de la SNCC, la Filtisaf elle aussi offrait en effet à ses ouvriers et à ses cadres un logement relativement décent. Il y avait deux camps, séparés par la petite rivière de Lubuye. D'un côté, le camp des ouvriers avec ses acacias flamboyants qui était situé sur la rive Nord de la rivière et comptait environ une centaine de maisons construites au bord du Lac Tanganyika, non loin de l'embouchure de la Lubuye. De l'autre côté, c'est une quarantaine de belles villas en briques cuites et pierre taillées du quartier des cadres qui surplombaient la rive Sud un peu au loin, perchées sur une jolie colline aux cocotiers, palmiers et quelques jacarandas aux fleurs parfumées.

Mais cette rivière n'était pas la seule à séparer les deux camps. Le contraste et les disparités entre les deux voisinages étaient beaucoup plus profonds et avaient bien clairement des odeurs d'un apartheid à la sud-africaine. Quadrillé par des fils de cuivre et des barbelés tranchants, avec à chaque entrée deux agents de sécurité contrôlant toutes les entrées et sorties vingt-quatre heures sur vingt-quatre, le quartier des cadres -aussi appelé seulement “Le Quartier”- était doté de deux jolies piscines (appelées affectueusement “bassins”), une piscine pour les enfants et l'autre pour les adultes. A côté de la piscine, se trouvait le “Cercle”, sorte de club sélect qui abritait en son sein un bar, un espace dancing, une jolie terrasse, un hall et surtout une bibliothèque moderne que gérait le Directeur de l'école belge adjacente, bibliothèque que je fréquentais sans modération. En plus de ce centre de divertissement et de culture, les familles des cadres avaient droit à un beau terrain de foot, un terrain de volleyball et un de tennis. Tout au pied de la petite colline se trouvait un bureau de poste avec des boites à courrier pour les cadres, et de l'autre côté de la rue il y avait une “cantine” achalandée de produits importés d'Europe et une sélection de produits locaux bios. Comme on peut aisément le soupçonner, ce “Quartier” n'était occupé que par des expatriés européens et une poignée de cadres Zaïrois. A l'autre rive de la Lubuye par contre, c'était comme le jour et la nuit. Le camp des ouvriers -appelé communément “Le Camp”- n'avait qu'un cercle communautaire non loin du lac, sans bibliothèque et au sein duquel on ne trouvait qu'un petit bar, un ring de boxe et une salle de spectacles rudimentaire. La “cantine” du camp des ouvriers n'avait rien à voir avec celle huppée de la rive Sud. Cette cantine où les ouvriers allaient s'approvisionner mensuellement en produits vivriers, n'était honnêtement qu'un grand dépôt de farine de maïs, d'huile de palme et de quelques sacs de haricots, de sucre et de sel. Un modeste terrain de foot avait été aménagé en haut de la colline, à côté de la petite école primaire de la communauté ouvrière.

Pour assurer la santé de ses employés, restant fidèle aux coutumes des entreprises basées au Katanga, la Filtisaf avait aussi un grand dispensaire avec un médecin, un Assistant Médical ("Infirmier-Chef") qui n'était autre que mon père. Ce centre médical avait également une bonne dizaine d'infirmiers, un laboratoire, une pharmacie, une salle d'opération, une maternité, des salles d'hospitalisation et une morgue. Situé près du lac dans la petite vallée marécageuse entre le Quartier et le Camp, ce dispensaire avait vu naître, grandir, guérir et mourir plus d'un parmi les membres de la communauté des employés. Pendant de longues années, nous habitâmes dans la même enceinte que cet hôpital, notre maison familiale se trouvant à quelques deux cents mètres d'un des bâtiments de ce centre médical. Papa était "Agent Cadre" et ensuite il devint "Hors-Cadre", l'ultime consécration accordée à peu dans les échelons professionnels de la Filtisaf. Au bas de l'échelle il y avait entre autres des plantons, des chefs d'équipes, des contre-maitres et des maitrises.

Cependant une chose nous agaçait un peu: nous ne pouvions pas vivre au Quartier. Mon père étant le personnage incontournable de l'hôpital, la société lui avait en effet demandé -lui avait en réalité intimé l'ordre- d'habiter avec sa famille près du dispensaire pour garantir la prise en charge des patients vingt-quatre heures sur vingt-quatre. Il en était à la fois le laborantin, le gestionnaire, l'assistant direct du médecin, le chargé des urgences, l'accoucheur en chef, bref l'homme-à-tout-faire et bien sûr le chouchou des patients et des jeunes médecins Belges à qui il s'empressait (et était si fier) de prodiguer ses innombrables expériences en médecine tropicale. Mon père se soumit à l'ordre. Sa présence près du dispensaire sauva des milliers de vies humaines, surtout durant les épidémies de choléra, de paludisme ou de dysenterie. Nous avions accès à tous les privilèges du Quartier, où nous passions par ailleurs le gros de nos journées, mais notre famille n'y déménagea finalement que vers le début des années quatre-vingt-dix. Fin de digression.

J'étais donc en vacances d'été chez mes parents au Quartier Filtisaf quand Kabila tenta la reprise de la ville en Septembre 1998. Le Quartier était situé à près d'un kilomètre du Petit Séminaire Pie Douze, au pied des deux autres collines jumelles de Lubuye, un peu comme deux mamelles de part et d'autre de la rivière Lubuye. L'une des deux collines abritait au Sud le village de Kahite, l'église catholique du coin, le collège Mwangaza avec le petit séminaire, le couvent des religieuses et leur dispensaire. L'autre mamelle avait sur elle le prestigieux complexe scolaire Lubuye, l'école technique, l'internat ainsi que le couvent des frères d'Oostakker. Dieu seul jugera les actions survenues sur ces collines au fil des années. Seul le tribunal de l'Histoire nous révélera les crimes commis et les sanctions méritées. Fin de digression.

-Maman, dis-je à ma mère, je pense que je vais partir ce soir au séminaire rejoindre mes amis. Je pense que j'aurai une meilleure protection là-bas. Les rebelles sont ici au Quartier. Ce n'est pas sûr pour moi de rester ici.

-Tu crois? C'est une voix défaite, incrédule et résignée qui m'interrogeait.

-Oui, Mama. Les rebelles ont pris la ville, mais Kabila va tenter de la reprendre. Comme il y a beaucoup de rebelles qui ont pris position dans notre quartier, je pense que les jeunes gens vont être la cible principale lors des affrontements. Les résidences de religieux par contre ne sont pas attaquées durant les guerres. Je pense que c'est le meilleur endroit pour moi. Tu sais, ils chercheront surtout les jeunes gens. Il faut que j'aille au petit séminaire ce soir. J'ai quelques amis là-bas.

-Va demander à ton père ce qu'il en pense.

Elle cachait difficilement les larmes dans ses yeux. Elle évita mes yeux et regarda par terre.

Je partis parler avec mon père au salon. Il me donna son aval sans hésiter, et je quittai le salon *illico*. Il était près de cinq heures du soir. J'emballai quelques affaires à la six-quatre-deux, mis le tout dans un petit sac bleu et pris la route du séminaire après m'être arrêté une petite minute dans la chambre de ma mère pour lui dire au revoir et recevoir ses bénédictions.

J'atteignis le séminaire assez vite, constatant sur mon chemin que les ruelles du village de Kahite s'étaient presque complètement vidées de ses habitants. Ayant sans doute eu vent des rumeurs qui couraient sur une possible reprise de la ville par l'armée régulière, la majorité des villageois avaient en effet trouvé refuge plus loin dans les forêts -une pratique habituelle lors de conflits armés dans la région. Un calme précaire et un silence prémonitoire régnaient.

Quand j'arrivai au sommet de la colline, c'est un Directeur du séminaire inquiet mais souriant qui me reçut les bras ouverts et, sans rien me demander, m'offrit une chambre. Il avait compris. Je n'avais pas besoin de lui expliquer ou de lui demander. C'était un grand ami, un frère. “Prends la chambre de Pierre”, m'avait-t-il dit. Cette chambre au deuxième étage était la seule disponible, me fit-il savoir. Son occupant, un autre prêtre, était allé aux soins à Lubumbashi peu avant la guerre mais y avait été coincé et ne pouvait plus retourner à Kalemie, les deux villes s'étant de facto retrouvées sous le commandement de deux armées et deux gouvernements adverses. Deux pays dans un pays, comme dirait l'autre. Je montai au deuxième étage, pris ma chambre, et posai mon sac sur une petite armoire. Je mis un short et descendis tout de suite au rez-de-chaussée.

Le Directeur était là, dehors dans la cour, avec son cuisinier et un autre grand-séminariste qui était aussi venu chercher refuge ce soir-là. Ils étaient tous trois en train d'écouter un jeune homme parler, un petit-séminariste qui leur parlait de quelque chose. Ils étaient tous tout oreille; tous, ils regardaient et pointaient de leurs doigts l'autre flan de la colline, du côté du couvent des frères d'Oostakker. Je m'approchai du petit groupe, je saluai tout le monde et entrai dans la conversation cherchant à travers les mots et les attitudes des uns et des autres à comprendre le sujet de cette conversation animée. Je vis au loin une longue file indienne sur le flan de la colline opposée, de l'autre côté de la rivière. environ mille hommes en uniforme s'étaient arrêtés. C'est bien d'eux qu'on parlait.

-C'est fini! criait et jubilait Kongi, le jeune adolescent. Vous voyez, disait-il en sautillant de joie, l'armée de Kabila est arrivée. Au moment où je vous parle, d'après mes sources, tout le centre-ville est déjà libéré. Il ne reste plus que nous de ce côté-ci. Ce n'est plus qu'une question d'heures.

-Et les rebelles, lui demandai-je, les rebelles qui sont au Quartier et au camp marin? Vous pensez qu'ils ne vont rien faire pour riposter ou se défendre?

-On s'en chargera, répondit-il rassuré. Regardez le nombre des soldats sur la colline. Regardez!

Il avait cette naïveté des fils du terroir. Un enfant de bonne famille. Costaud et très sociable, il avait une humeur d'ange, riant de tout et toujours prêt à rendre service. A la fin de chacune de ses phrases, il souriait et invitait son interlocuteur à faire autant. Je le regardai un long moment et me demandai d'où ce jeune homme tirait les renseignements qu'il nous offrait et comment expliquer la confiance qu'il avait en lui-même.

Kongi resta avec nous quelques minutes, puis il repartit vers le village de Kahite, en passant par le quartier des professeurs à quelques trois cents mètres du séminaire. Il venait chaque jour aider le Directeur dans ses travaux préparatifs à la rentrée scolaire qui s'annonçait. Lorsque ce jeune homme nous fit ses adieux, nous allâmes à la chapelle au premier étage pour prier les vêpres. Ensuite, nous eûmes le dîner. L'unique sujet à table fut la situation qui prévalait ce soir-là dans la ville, les uns exprimant leurs inquiétudes et les autres ne cachant pas leur confiance et leur enthousiasme quant au dénouement de la longue crise. Nous allâmes au lit autour de dix heures du soir. La nuit, par contre, fut curieusement calme. Aucun coup de feu ne fut entendu. Aucune voix d'homme ni aucune musique ne se fit entendre.

Le samedi 5 septembre, très tôt le lendemain matin, autour de cinq heures, un premier coup de feu retentit. Comme un signal. Il provenait du village. Puis suivit un crépitement de balles qui dura au moins une minute. Un silence suivit, puis quelques cris d'hommes. Plusieurs crépitements prirent le relai pendant plus ou moins quinze minutes. Ensuite ce furent des coups de mortiers, plus puissants et plus bruyants. Ces bruits étaient bien proches, mais c'était clair que la cible était plus en bas de la colline de Lubuye, vers le Quartier et le camp naval, deux voisinages occupés par les rebelles qui y avaient établi leur quartier général quelques semaines plus tôt. Le bruit provenait de mon quartier. Etait-ce l'assaut final de Kabila pour chasser l'ennemi et reprendre la ville? Sans doute Kongi avait-il raison. Je restai terré en dessous de mon lit où j'avais résolu de me cacher. Un calme s'en suivit. J'entendis quelqu'un frapper à ma porte. J'hésitai de bouger et je restai atterré, immobile et tremblant.

-Laurent! C'est moi, veux-tu ouvrir la porte?

C'était la voix du Directeur. Je me tire donc du dessous de mon lit et je me lève. J'avance à genoux vers la porte et l'ouvre doucement. À l'extérieur, les balles continuent à siffler.

-Je vais lire la messe, dit le Directeur.

-Bonjour Monsieur l'Abbé. Merci. Ça va. Je vais venir. Je prends une douche rapide et je vous rejoins, l'informai-je.

Je retourne dans ma chambre et ferme la porte derrière moi. A partir de ce moment-là et pour les deux heures qui vont suivre, c'est un feu d'artifices qui nous assourdit. Mitraillettes, kalachnikovs, mortiers, roquettes et autres armes lourdes. Une cacophonie violente et meurtrière. Autour de sept heures, je fais quelque chose de vraiment idiot et qu'il ne faut jamais essayer quand on entend des coups de feu. Je quitte ma chambre, ouvre la porte, traverse le couloir et j'entre par la porte entr'ouverte de la chambre du Directeur. Je voulais voir à travers ses fenêtres ce qui se passait en bas du bâtiment entre le séminaire et le village. Je tire donc doucement les rideaux. J'arrête de respirer un moment. Un groupe de jeunes en salopettes et bottes en plastique apparaissent, trimbalant leurs armes lourdes et leurs munitions. Certains tirent en l'air pendant qu'ils se dirigent vers la maison des Pères Blancs située juste à près de deux cents mètres de la façade Est de notre immeuble. Quelques eucalyptus séparaient nos deux domaines. Un autre groupe surgit et va en direction du village. Je ferme les rideaux, et je retourne dans ma chambre. Je ferme la porte derrière moi et retourne calmement dans ma cachette. Les coups de feu et les tirs de mortiers continuent de plus belle, et ce, pour une autre longue heure. S'en suit un calme précaire d'une vingtaine de minutes.

Vers neuf heures du matin, nous entendons une nouvelle série de tirs, plus nourris, mais un peu plus ordonnés, un peu plus rythmés. Ces tirs continuent pour environ trois quarts d'heure, devenant à présent plus proches. Une dizaine de roquettes sont aussi lancées de manière intermittente. Le bâtiment vacille à chaque fois. Il est clair que ces roquettes n'explosent pas loin de nous. Je refais la même erreur stupide, par curiosité, mais cette fois-ci c'est de ma propre fenêtre que je lorgne. Elle donne vers l'Ouest de la ville, la brousse. Je vois de ma fenêtre quelques enfants en salopettes et bottes en plastique courant vers la brousse; certains sont armés, mais la majorité d'entre eux, mains bredouilles, n'emportent rien. Les tirs se font de plus en plus intenses et beaucoup plus proches. Je referme et quitte la fenêtre. Je vais dans ma douche et m'y accroupis pour une trentaine de minutes. C'est la débâcle donc, me dis-je. La reprise de la ville doit avoir avorté. Que s'est-il passé? Y a-t-il eu des trahisons? Est-ce un manque d'expérience militaire?

Nous étions dans un champ de bataille, pris en sandwich entre deux armées ennemies, entre celle que nous n'aimions pas et celle que nous voulions voir triompher. Cette dernière semblait être en débandade. Mon coeur commença à battre la chamade. Ma bouche s'asséchait. Ma respiration n'était plus régulière. Je quittai la douche et repartis en dessous du lit pour un moment. Je ne réfléchissais plus. Je ne savais plus ce que je faisais. Je voyais la mort venir à grands pas. J'avais appris des amis au Kivu comment des maisons de religieux, des écoles ou même des hôpitaux avaient été le théâtre de massacres au cours des mois précédents, mais la veille j'étais drôlement naïf et avais pensé être en sécurité là-bas dans ce séminaire. “Tu penses?” Cette question de ma mère retentit encore et résonna fort dans mes oreilles. “La bouche des vieux peut sentir mal, mais elle dit toujours la vérité”, dit bien ce proverbe de chez nous.

J'entendis des hommes crier et hurler de joie dans la cour au rez-de-chaussée. Une odeur de fumée pénétra dans ma chambre. La brousse derrière le Séminaire brulait. Ils y avaient mis le feu pour pousser l'ennemi à fuir au plus loin. Une technique connue.

J'entendis quelques tirs, plus proches ceux-ci. Ces balles venaient d'être tirées de la cour du séminaire. Ce n'étaient pas des balles tirées en l'air; elles touchaient des objets précis, des portes ou alors des murs. J'entendis des objets tomber au rez-de-chaussée, des portes qu'on enfonçait, des fenêtres qu'on cassait. Ensuite, une grenade explosa, toujours au rez-de-chaussée. Ils avaient fait sauter la grille métallique qui donnait sur les escaliers. On entendait à présent des pas d'hommes au premier étage. Les portes des salles de classes étaient en train d'être cassées et les bureaux saccagés. Notre maison était assiégée et était en train d'être détruite.

Une chose étrange, mystérieuse et inexplicable est à relever. Il s'agit du premier miracle de cette journée. Les impacts de balles étaient sur toutes les portes. Toutes les portes et fenêtres furent cassées; aucune salle au premier et deuxième étage ne fut épargnée. A l'exception d'une seule salle. La plus grande de toutes, elle se trouvait au deuxième étage, tout au bout du long balcon et elle occupait le premier et le deuxième étage. C'était la chapelle. Pourtant, sa porte n'avait rien de spécial, ni d'unique. Cette porte était du même type de bois, même taille et même couleur que les autres. Aucun signe particulier, aucune inscription n'y était. Il fallait l'ouvrir pour savoir que c'était une chapelle. En plus il n'y avait aucun bruit qui en venait, le Directeur y étant tout seul à prier en silence ce matin-là. Mais la porte de cette chapelle resta intacte et immaculée, personne n'osa la toucher et personne n'y mit ses pieds. Tous les objets, livres comme meubles y restèrent intacts. Premier miracle du jour.

N'ayant rien trouvé dans les salles et les bureaux du premier étage, n'y ayant surtout trouvé personne, nos visiteurs indésirables et furieux devaient donc tout naturellement poursuivre leur fouille et leur prospection macabres à l'étage supérieur où nous logions. Nous devions indubitablement être de mèche avec les assaillants de ce matin, pensaient nos visiteurs. Ceci ne ferait l'ombre d'aucun doute.

Boum! Une rafale fracassante se fait entendre à quelques mètres de ma chambre. La grille métallique donnant accès à notre cachette est atteinte. C'est bientôt la fin de notre histoire. Je quitte encore le dessous de mon lit. J'ouvre furtivement les rideaux. Des dizaines d'hommes en uniforme sont éparpillés dans la cour intérieure et dans le jardin. Je retourne dans la douche. Je ne respire plus. Mon coeur d'athlète a cédé, il s'affole. Je ne sens plus mes pieds. Mes jambes flottent. Je fais mes dernières prières et récite mes mea culpa à voix basse. Je pense à ma mère et prie pour elle. Une larme coule de mes yeux. Mon heure est arrivée. Mais je demande à Dieu que sa volonté s'accomplisse.

-Sortez de vos chambres! ordonne du couloir une voix d'homme jeune en colère. L'homme parle le Kiswahili.

Un silence s'en suit. J'entends ensuite trois portes qui s'ouvrent l'une après l'autre.

-Vous avez gardé l'ennemi ici dans votre maison pour qu'il nous attaque toute la nuit, n'est-ce pas? vocifère et condamne une autre voix en Kiswahili. L'accent et la prononciation ne sont clairement pas du terroir.

A ce moment là, une idée folle me passe par la tête. Comme un ordre. Je vois l'aube du prêtre qui occupait cette chambre. La robe était derrière la porte. Je la prends et la mets sur moi. Une autre idée, comme un ordre aussi, passe par ma tête. "Sors les mains d'abord, et ensuite le reste de ton corps". J'obéis. Sans dire mot, j'ouvre lentement la porte, je sors les mains d'abord et j'attends quelques secondes. J'entends des pas reculer. Puis je sors complètement le reste de mon corps. Le Directeur est là en face de moi habillé en aube blanche avec une étole verte pendante, un missel de couleur rouge dans la main droite. A côté de lui, debout, corps frêles et tremblant, se tiennent le cuisinier et l'autre séminariste. Je regarde à ma droite. Deux jeunes soldats enragés sont debout dans la pénombre du bout du couloir. L'un deux transporte une lourde mitraillette, tandis que l'autre, couvert de munitions, des centaines de cartouches en chaine formant un sorte de X sur son corps, porte une vieille Kalashnikov plutôt modeste. Leur visage et toute leur attitude transpirent un cocktail de colère, de peur, de soupçon et de déception. Je les scrute tous les deux droit dans les yeux. Tout à coup, mon coeur cesse de palpiter et retrouve son battement habituel. Je sens comme une force qui monte de mes pieds et me revigore presque miraculeusement. D'où me viennent ce calme et cette force? Je ne sais le dire. Deuxième miracle du jour?

Un silence s'installe dans le couloir. On peut entendre les casses dans les salles et autres pièces du bâtiment.

-Donnez les armes! Où sont les armes? hurle l'un des deux hommes. Il voulait dire en Kiswahili "Silaha ziko wapi (où sont les armes?)", mais à cause du substrat linguistique, le "l" était prononcé "r", si bien que nous entendions "Sira ziko wapi". Et comme ce soldat parlait si vite, le Directeur avait entendu "Cirage iko wapi (Où est le cirage)? Il me regarde, écarquille ses yeux et ouvre la porte de sa chambre pour trouver du cirage. Ça n'avait aucun sens, mais c'est bien ce qu'il avait cru entendre. C'est ce que j'avais cru entendre aussi.

La tension monte d'un cran dans le couloir. Nos deux visiteurs s'agitent. Pour eux, le prêtre va apporter des armes, alors que ce dernier allait leur chercher du cirage. Ils ne le savaient pas. Ils s'approchent de nous et nous dépassent. Ils arrivent à hauteur de la chambre du directeur, s'arrêtent net et commencent à inspecter tous ses mouvements. Un moment plus tard, il sort de sa chambre avec dans ses mains une boite de cirage à chaussures qu'il tend à l'un des jeunes soldats. Ceux-ci, intrigués, pensent qu'il s'agit d'une blague. L'heure est grave, et les blagues ne sont pas les bienvenues. Pas maintenant. Surtout pas maintenant.

Les deux soldats surexcités jettent un regard de dédain et de colère vers le directeur; ils lèvent le ton et exigent que nous leur donnions les armes sans tarder. Après une minute d'âpres échanges, nous comprenons finalement le problème.

- "Nous n'avons pas d'armes ici. Nous sommes des religieux, vous le savez bien. Nous ne sommes pas un dépôt de munitions. Nous ne savons même pas ce qui se passe ce matin. Croyez-nous." Lorsque je finis de parler, l'un des deux soldats, un peu plus jeune que l'autre, nous demande de nous taire et de le suivre. L'autre, à la Kalashnikov, entre dans la chambre du directeur pour amorcer ses fouilles. Nous marchons tous devant le maigre soldat, à sa demande expresse. Nous prenons le premier escalier, puis le deuxième. Nous arrivons au balcon du premier étage et constatons les dégâts matériels dont nous n'avions entendu que les bruits il y a peu. Du balcon où nous faisons une brève pause, nous pouvons aussi à présent mesurer le résultat d'une heure de saccage. La fumée est partout qui nous brûle les yeux. Le réfectoire a été touché, on le voit en bas au loin.

-Marchez plus vite, bande de salauds! gueule notre accompagnateur, agacé par notre escale non autorisée.

Nous prenons deux autres escaliers, passons par les toilettes des professeurs, et atteignons enfin la cour intérieure au rez-de-chaussée. Le soldat nous guide jusque devant la salle d'études située à l'autre bout du bâtiment. En marchant vers la salle d'études, nous avons la surprise malheureuse de réaliser que tout avait été détruit. Les bureaux des professeurs, le dispensaire et même le dépôt des vivres que l'on avait déjà ravitaillé en sacs de maïs et autres produits en préparatif pour la rentrée scolaire qui approchait. Tout avait été systématiquement saccagé et pillé en moins d'une heure.

Nous arrivons donc devant les fenêtres de la salle d'études. Un autre soldat nous a rejoints. Il détient une bouteille de vin qu'il boit au goulot. C'était du vin de messe qu'il avait sans doute chipé plus tôt au dépôt ou bien au réfectoire des prêtres. De sa main gauche, il nous ordonne de nous arrêter. L'autre soldat qui nous accompagnait nous demande de retirer tout ce que nous avions dans nos poches et de tout déposer par terre. Tous les quatre, nous nous exécutons sur-le-champ. Un chapelet, ma carte d'identité et un billet de 10 francs congolais sortent de ma poche. Je les pose par terre. Mes autres amis mettent leurs derniers avoirs par terre aussi, qui un peu d'argent, qui un stylo, qui un mouchoir de poche ou une clé.

A partir de ce moment, il devient clair que notre exécution s'approche. "Dieu, que ta volonté soit faite", dis-je en silence. "Seigneur, prends pitié". Je dis ces prières pendant quelques secondes. Les deux militaires nous mettent en ligne devant la salle, puis ils marchent vers la cour où deux autres soldats les attendent. Leurs yeux sont sans âme. L'un d'eux, d'un ton sérieux, nous demande de répéter après lui:

- "Nous sommes responsables de notre propre mort. Nous mourons à cause de notre propre stupidité." Répétez, dit-il.

Nous obéissons et répétons après lui. "Nous sommes responsables de notre propre mort. Nous mourons à cause de notre propre stupidité." Oui, l'heure est arrivée. Je fais un clin d'oeil au Directeur qui est debout à ma droite, puis je regarde l'autre séminariste. Nos regards se croisent. Une communion est scellée.

Quatre bourreaux en ligne, contre quatre innocents en ligne. Ils ont leurs armes prêtes et chargées, leurs doigts sur les gâchettes. Les autres soldats, jeunes et moins jeunes circulent, vont et viennent dans la cour, entrent et sortent des salles prenant leur butin.

-Comment allons-nous les tuer? demande l'un des soldats. Chacun leur tire une balle dans la tête?

-Non, je préfèrerais une fusillade, dit un autre, celui qui buvait du vin au goulot. C'est mieux qu'on les "arrose et qu'on les enduise de balles", ajoute-t-il. Il reçoit l'aval et l'approbation de ses collègues et des autres soldats qui s'étaient attroupés pour être témoins de nos exécutions. Nous voir tuer renforcerait leur morale et leur procurerait de la joie, pensaient-ils.

A ce même moment précis, alors que les fusils sont pointés vers nous, que les gâchettes sont sur le point d'être pressées et que les spectateurs agités retiennent leur souffle, un jeune soldat à peine âgé de onze ou douze ans surgit presque de nulle part en criant:

-Le Commandant a besoin d'eux, il veut les voir!

Troisième miracle du jour. D'où provient cet enfant à la peau lisse et aux yeux étincelants. La petite foule rassemblée et tous les quatre tortionnaires regardent le petit enfant-soldat, mais gardent leurs armes braquées vers nous et leurs doigts sur les détentes. Qui était-il, ce bonhomme? Le petit enfant au visage d'ange désigne de son doigt le "Commandant" en question qui voulait nous voir. Il est de l'autre côté de la cour. Les quatre tueurs n'en croient pas leurs oreilles. Ils baissent leurs fusils. Ils fulminent de colère et nous regardent avec rage et regret. Le soldat ivre nous indique par un mouvement de sa tête de suivre le petit soldat qui nous précède et nous guide jusqu'à la terrasse de l'aile Nord du bâtiment. Là, un groupe de soldats un peu plus âgés nous attendent. Notre ange nous remet auprès du Commandant et s'éclipse. Un premier interrogatoire commence.

Bel homme à la fin de sa quarantaine, barbe et moustache rasées au raz, à peu près deux mètres, le "Commandant" nous salue et discrètement nous pose la première question sans tergiverser et sans manifester aucune émotion particulière.

-Pourquoi avez-vous gardé l'ennemi ici dans votre enceinte? Pourquoi?

Nous regardons tous le Directeur du Séminaire. Il se racle sa gorge une ou deux fois, enlève ses lunettes et finit par prendre la parole, sa main droite sur le coeur.

-Commandant, nous n'avons gardé personne ici dans cette maison. Comme vous le voyez, nous sommes des prêtres. Nous nous sommes réveillés sous des coups de feu ce matin et voilà tout ce que nous pouvons vous dire.

-Et vous pensez que nous allons vous croire? demanda notre interrogateur exhibant un sourire laconique. Après un bref silence, il se tourna ensuite vers nous et demanda. "Et vous autres, n'avez-vous rien à dire?"

-Ce que le Directeur vient de vous dire est la vérité, Commandant, supplié-je.

L'un des gardes du corps, debout derrière le Commandant, fait deux pas en avant et lui tend un immense talkie-walkie d'où sort une voix en anglais. Le Commandant s'empare de l'appareil. Il marche quelques pas et commence à répondre aussi en anglais. La conversation dure quelques cinq minutes. La haine et la colère sont palpables autour de nous. Les gardes nous lancent des regards terrifiants et condescendants.

Le commandant a fini sa conversation. "Roger", répond-il dans la radio. Il remet la radio au garde du corps, puis avec son doigt il nous indique de le suivre. Son visage est différent, il n'est plus la même personne. La conversation à la radio l'a changé. La colère est perceptible dans ses yeux. Que venait-on de lui dire? Que se passait-il? Mystère. Nous marchons derrière lui encadrés par ses gardes et amorçons notre montée vers l'inconnu. Nous allons à travers les eucalyptus et tout en silence atteignons la maison voisine des Pères Blancs. Deux prêtres européens y habitaient, un Belge et un Allemand, tous deux dans leur soixantaine.

Lorsque nous arrivons devant la terrasse du presbytère encerclée par de flamboyants bougainvilliers, c'est un autre groupe de militaires, un peu plus âgés ceux-ci, qui nous accueillent. L'un des prêtres est assis aux côtés des soldats tandis que le deuxième se tient debout près des marches. Nous voir vivants semble discrètement réjouir ces deux prêtres, mais leur désolation l'emporte sur cette joie. Nous échangeons furtivement clins d'oeil et brefs hochements de tête.

- “Qui êtes-vous? Pourquoi n'avez-vous pas été tués. Comment expliquer que vous êtes vivants?”, nous demande l'un des soldats assis, manifestement le plus gradé du groupe.

Nous nous regardons les uns les autres, et n'avons rien à lui dire.

- “Ces enfants, continue l'homme en pointant son index gauche vers le reste des jeunes soldats alentours, ces enfants sont venus pour tuer. C'est ce qu'ils font, croyez-moi. Vous étiez sensés être morts. Vous avez de la chance.”

Contrarié, il a comme une sorte de sourire bizarre au bout de ses lèvres. Son attitude m'intrigue. Il m'est difficile d'interpréter l'attitude qu'il affiche et les paroles qui sortent de sa bouche. Est-il déçu que nous soyons encore vivants? Est-il content de nous savoir en vie? Va-t-il enfin ordonner notre exécution ici devant cette terrasse?

Il est presque treize heures trente. L'homme nous dévisage un bon moment et tout à coup il nous parle, presque solennellement.

“Avez-vous de la bière ici? Apportez toutes les bières que vous avez et nous allons célébrer votre vie. Dieu vous a épargnés aujourd'hui. Nous devons célébrer. Car je ne comprends pas moi-même comment mes hommes ne vous ont pas exécutés”.

Le prêtre qui était assis se lève et va à l'intérieur du presbytère. Je trouve un endroit où m'asseoir, sur une caisse vide près de la porte. Très vite, le prêtre ramène de la bière. Des bouteilles tièdes arrivent et sont distribuées à la terrasse. Tout le monde en reçoit une. J'ai droit à une Primus chaude que je pose par terre et qui y restera tout le reste de l'après-midi, scellée, le soldat le plus gradé y jetant un regard fugace de temps en temps. Il n'y a rien à célébrer avec ces tortionnaires et ces sanguinaires. Pour moi, c'est clair.

Une conversation vient de s'amorcer. Un des militaires gradés, ingénieur civil, nous informe qu'il avait fait ses études universitaires à Kinshasa, à l'IBTP (Institut du Bâtiment et des Travaux Publics) au tout début des années quatre-vingts. Je lui apprends que j'ai aussi un frère qui avait fait l'IBTP durant la même période. Il montre sa joie et sourit pour la première fois, puis il refuse de s'engager dans cette digression et très malignement, change de sujet. Tout le monde remarque l'astuce du soldat. Tout à coup, il commence à nous instruire sur une insolite philosophie de l'unité africaine. Il nous fallait, d'après lui, nous débarrasser de nos frontières acquises des colons et nous engager résolument à bâtir une Afrique idyllique et unie où tous les Africains vivraient en frères et jouiraient de leurs ressources naturelles. Beau discours, mauvais moment. Je fais semblant de l'écouter, mais mon esprit est complètement ailleurs. Nous sommes en face de gens qui viennent à peine de mettre à sac toute une école, qui viennent tout juste de nous braquer leurs armes leurs doigts sur la gâchette; nous sommes en face de quelqu'un qui, quelques minutes plus tôt, regrettait le fait que ses hommes ne nous aient pas exécutés, et qui pouvait à tout moment ordonner à ses acolytes de nous massacrer. Non, je n'avais rien à discuter avec eux, encore moins à célébrer. Leur présence même me gênait au plus haut point.

Vers quinze heures trente, quelques tirs sporadiques retentirent du village. Nos visiteurs décidèrent de quitter le presbytère en vitesse. Ils allèrent de maison à maison pour passer les habitations au peigne fin. Le directeur et moi repartîmes au Séminaire pour mesurer les dégâts causés lors du saccage. Le dévouement de cet homme m'impressionna. Il travailla jusqu'au soir à sceller et protéger ce qu'on pensait protéger. Nous ramassâmes autant de morceaux de bois et autres débris que nous pouvions et les utilisâmes pour improviser des fermetures pour quelques portes. Lorsque nous arrivâmes au deuxième étage, les larmes coulèrent des yeux du Directeur. Sa chambre avait été complètement pillée. Tout l'argent qu'il gardait en prévision pour la rentrée scolaire était parti. Mais une autre chose nous y attendait. Quatrième miracle de la journée. Nous découvrîmes qu'une balle avait échoué dans le mur juste au-dessus du lit du directeur et un trou était béant dans la fenêtre. Si l'Abbé avait été là, endormi ou bien assis sur son lit au moment du tir, il aurait été la cible de ce projectile et aurait perdu sa vie. Bien sûr, il était resté dans la chapelle quelques heures, plus longtemps que d'habitude. Sans rien dire, je lui donnai une accolade pour quelques secondes et nos larmes coulèrent.

Nous retournons au presbytère. Il fait un peu sombre déjà. Les prêtres du presbytère acceptent de nous loger, mais ils veulent d'abord nous montrer une chose que je n'étais pas prêt à croire. Je n'avais jamais rien vu de pareil auparavant. Nous sortons du salon et nous suivons les deux prêtres européens. Nous nous dirigeons vers leur cour intérieure. Un groupe de femmes et leurs enfants étaient là, dans l'une des salles de la paroisse. Autour de trente personnes. Je peux voir deux femmes enceintes et je repère quatre ou cinq femmes très âgées, toutes aux visages apeurés. Elles s'étaient réfugiées là avec leurs petits enfants, et les prêtres les avaient accueillis. Les deux prêtres nous conduisent à l'extérieur de la maison, à quelques mètres de la terrasse où nous étions tous réunis tantôt. Une surprise macabre nous y attend. Huit corps gisent devant l'un des bureaux du presbytère, empilés les uns sur les autres. J'en reconnais trois, par les habits et la carrure. Un des Animateurs diocésains en poste à cette paroisse, ensuite un jeune du village d'une famille connue, et enfin Kongi, le jeune élève qui était avec nous au séminaire la veille peu avant le coucher du soleil. Les cinq autres corps, criblés de balles, il nous est impossible de les identifier. L'un des prêtres nous informe que deux des corps étaient des jeunes gens abattus à l'intérieur-même du presbytère ce matin-là. Ces cadavres étaient donc là tout ce temps que les soldats s'empiffraient d'alcool pour soit-disant célébrer nos vies mystérieusement épargnées. Eux le savaient. Nous couvrons donc les visages des morts avec quelques étoffes ramassées dans le bureau d'à côté et convenons de nous occuper d'eux tôt le lendemain matin.

Nous retournons à l'intérieur, fatigués et surtout blessés au plus profond de nous-mêmes. Voir ces corps jetés là au sol comme on jetterait des sacs de maïs me trouble. Je sens une nausée qui monte. Une autre surprise nous attend à l'intérieur de ce couvent. Monsieur Katenge, le cuisinier du presbytère est là au milieu de la cour au pied du grand réservoir d'eau, terrifié et l'air complètement hagard. Il est habillé mais mouillé de la tête aux pieds. L'eau est d'ailleurs encore fraiche sur lui et suinte de ses vêtements. Nous nous approchons tous de lui. Il nous informe tout tremblant et en sanglots que lorsque les soldats étrangers avaient pénétré le presbytère autour de midi et qu'ils commençaient à exécuter les hommes qui étaient là, il avait réussi à se camoufler derrière le réservoir d'eau, en avait discrètement monté la petite échelle et était donc resté immergé dans l'eau pendant plus de 7 heures, tenant de ses mains l'autre bout de l'échelle et sortant son nez toutes les cinquante ou soixante secondes pour respirer. C'est de cette manière qu'il avait pu survivre. Cinquième miracle de la journée. Nos regards attristés le couvrent d'affection. L'un des prêtres lui conseille de partir du presbytère immédiatement, de prendre le chemin de la forêt, et de ne revenir en ville que lorsque tout reviendrait au calme. Lui et le jeune cuisinier du séminaire quittent alors le presbytère par la grande grille de derrière et ils se dirigent aveuglément vers l'inconnu des forêts avoisinantes. En silence, au fond du coeur, je rends grâce au Bon Dieu pour eux et je lève ma main droite pour faire signe d'adieu. Ce soir-là, je ne mange rien. Un verre d'eau me suffit. Je n'ai rien mangé de la journée, mais j'ai une envie forte de vomir. En passant dans le couloir pour aller dans la petite chambre qui m'avait été donnée, je m'arrête à une porte. Du sang encore frais est visible tout au seuil de la porte. Je regarde à gauche et à droite du couloir et ouvre la porte. D'épaisses taches de sang couvrent le petit tapis et le lit qui s'y trouve. Des exécutions, celles dont parlaient le prêtre et le cuisinier, avaient sûrement eu lieu dans cette pièce. Je sors vite, referme la porte doucement et je vais dans la chambre pour vomir.

Autour de vingt heures, la sonnerie retentit une puis deux fois. Sixième miracle du jour. L'un des prêtres alla ouvrir la porte. Monsieur Kafana était là avec son fils, neuf ans, tout terrifiés. Gros plâtre sur sa jambe et béquilles aux aisselles, Kafana n'avait pas pu fuir le village avec sa femme et ses enfants. Il était ainsi resté dans sa maison avec un de ses garçons pour l'aider. Le prêtre ne lui posa pas de questions et lui demanda d'entrer. Il avait compris. Kafana et son fils entrèrent dans la maison des prêtres. Avant de rejoindre l'autre groupe de villageois qui avaient trouvé refuge là, il m'appela à part et me raconta rapidement, larmes aux yeux, comment lui et son fils avaient eux aussi mystérieusement échappé à la mort.

-Laurent, dit-il, je suis béni, Laurent! J'ai vu la mort comme ça. Je viens de passer près de huit heures en-dessous de mon lit avec mon fils que tu vois ici. Quand ils ont commencé à faire leur ratissage de maison en maison, mon fils les a vus par la fenêtre et il m'a informé. Nous sommes donc allés nous terrer dans ma chambre à coucher. Ils ont commencé à mettre le feu sur certaines maisons. Nous nous sommes mis à prier sans arrêter. A un moment, un petit groupe de cinq soldats sont entrés dans ma maison après avoir forcé les portes. Ils sont ensuite venus jusque dans la chambre où nous étions cachés. Deux d'entre eux se sont même assis sur le lit en-dessous duquel nous nous étions tapis. Ils sont restés là pendant un quart d'heure fumant leurs cigarettes en parlant dans une langue que nous ne connaissons pas, leurs bottes puantes à quelques centimètres de mon nez. Tout ce temps je priais en silence, ma main sur la bouche de mon fils pétrifié. Puis, soudain, ils se sont levés, ont pris ce qu'ils voulaient et ils s'en sont allés. Quelques minutes plus tard, ils ont incendié la maison de mon voisin."

-Oh mon Dieu, papa Kafana. Et comment avez-vous pu arriver jusqu'ici? lui demandai-je. Je pris le jeune enfant autour de moi pour quelques minutes et nous pleurâmes.

Monsieur Kafana me dit comment lui et son fils avaient alors quitté leur maison, comment ils étaient passés par les petites brousses et bosquets autour des maisons; ensuite, trimballant sa jambe et s'appuyant sur ses béquilles, en silence, ils avaient traversé le petit quartier des professeurs vidé de ses occupants, avaient rampé quelques minutes entre des orangers et des manguiers, et ils avaient atteint le presbytère “je ne sais comment”. Je les accompagnai dans leur salle et je repartis dans ma chambre.

Le lendemain matin, dimanche 6 septembre, le directeur du séminaire et l’autre séminariste vinrent très tôt me réveiller.

-Laurent, il est temps d’aller creuser la tombe pour l’Animateur. On t’attend dehors.

-D’accord, Monsieur l’Abbé, lui dis-je. J’arrive tout de suite.

Je me brossai les dents et pris une douche rapide, et je rejoignis mes compagnons. Pelles et houes à la main, nous prîmes par derrière le presbytère, passâmes à travers le domaine marial et arrivâmes au séminaire. Il y avait là un nouveau petit cimetière réservé aux religieux avec seulement trois ou quatre locataires déjà. Nous commençâmes à creuser une tombe pour l’Animateur. C’était pour moi la première fois de creuser une tombe, de toute ma vie. Une telle besogne sur ce terrain rocailleux de la colline de Lubuye ne fut pas tâche facile. Mais l’honneur et la dignité que nous tenions à rendre aux victimes innocentes surpassaient tout ce matin-là. Pendant que nous creusions, un jeune soldat armé vint dans le petit cimetière. Il voulut savoir ce que nous y faisions et qui nous étions. Nous lui répondîmes que nous étions des résidents et que nous préparions la dernière demeure pour quelqu’un qui nous était cher. Il nous demanda si nous savions qui avait tué notre ami, mais personne ne lui dit rien en réponse. “N’ouvre la bouche que si tu es sûr que ce que tu vas dire est plus beau que le silence”, dit bien ce proverbe arabe. J’avais un peu peur. Il nous dévisagea, eut un petit rire sarcastique et s’en alla à travers les arbres fruitiers du jardin et disparut. Après un peu plus de deux heures, nous remontâmes au presbytère à la queue leu leu, en silence. Les prêtres du presbytère nous donnèrent une natte en raffia en lieu et place de cercueil. Nous allâmes à l'extérieur, devant les bureaux, à l'endroit où se trouvaient les corps des victimes. Après avoir posé le corps de l'Animateur au beau milieu de la natte, nous l'enroulâmes avec les autres parties restantes, les rabattant sur son corps. Nous utilisâmes ensuite des ficelles autour de la natte pour maintenir et figer le corps à l'intérieur. Puis, tous les prêtres européens et nous descendîmes de nouveau au cimetière où nous l'inhumâmes en prières. J'improvisai une croix avec deux petits morceaux de bois ramassés du saccage de la veille, et je la posai en terre au-dessus de la tombe.

Onze heures trente. Nous avons une petite réunion à trois à la terrasse du presbytère: Le directeur, l'autre séminariste et moi-même. Café ou thé dans nos mains, nous débattons de la prochaine inhumation des sept personnes restantes. Nous n'avons réussi à identifier que trois, mais ceci n'est plus qu'un détail. Il faut enterrer tout le monde et tout de suite. Les corps commencent à se décomposer. La montre n'est pas de notre côté. Nous convenons de creuser une tombe commune derrière le domaine marial situé juste derrière le presbytère.

Nous reprenons nos pelles et nos houes, et nous marchons vers le domaine marial. Là, un chien, celui des prêtres de la paroisse, surgit avec à sa gueule une main d'homme décomposée qu'il tire avec lui. Je n'en peux plus, je n'en crois pas mes yeux. L'odeur et la scène elle-même me soulèvent le coeur. Je m'interdis de regarder le chien sur qui mes compagnons jettent des pierres pour l'empêcher de manger son butin. Nous marchons encore un peu, et trouvons une bonne terre à creuser. Et c'est à ce moment-là que, regardant derrière moi, le Directeur me demanda:

-Laurent, auras-tu le courage de voir ce qui est derrière toi? Si non, on peut aller ailleurs.

Intrigué, je me retourne. C'est un autre tas de corps d'hommes que je découvre. Entassés les uns sur les autres, les uns habillés et d'autres complètement dévêtus, jeunes et moins jeunes, ils sont au moins une dizaine de corps que nous trouvons jetés derrière des eucalyptus et des manguiers. Nous sommes en rage et pleurons tous ensemble. Je fais une prière et regarde vers le ciel bleu à travers les branches des manguiers. Une terreur intense et une sorte de culpabilité m'envahissent un moment. Je me sens démuni et révolté. La haine voudrait m'emporter, mais je la refuse et la rejette. La vie pour un moment perd de tout son sens et de toute sa finalité. Je suis là en face de corps humains en début de décomposition. Tout mon corps tremble. Le sacré en moi est profané. Comment comprendre un pareil mépris pour la vie?

Nous creusons ensemble une grande fosse. Mais nous ne sommes que trois jeunes hommes, le village s'étant vidé de ses habitants. Nous transportons les premiers corps du presbytère, puis ajoutons les derniers cadavres dans la fosse. Nous les couvrons ensuite de sable. Le Directeur fait une prière, et nous retournons tous dans nos chambres pour nous laver. Les jours qui suivirent, toute la colline était infestée par une odeur fétide. C'étaient des corps en décomposition dans les sentiers, dans les maisons abandonnées, et dans les brousses environnantes. Plusieurs personnes malades ou très âgées n'ayant pas pu fuir ces jours-là avaient été sommairement abattues ou brûlées vives dans leurs maisons ou leurs huttes.

Je sais. Beaucoup de gens ont chacun leurs histoires à raconter aussi. Ce que nous avons vu et vécu à Lubuye, Kalemie ce jour-là n'est malheureusement qu'une histoire parmi des milliers d'autres dans la région des Grands Lacs et dans le monde. La tragédie de Lubuye n'est que le microcosme d'un mal énorme et violent qu'il faut admettre et avoir le courage d'appeler le génocide congolais.

Ce massacre de Lubuye en septembre 1998 m'a changé. Ces exactions m'ont transformé. Ironie du sort ou providence, lorsqu'en l'an 2000 j'ai fini mes études de théologie et que je devais entamer mon stage avant les ordres, je fus nommé pour le même séminaire où j'avais vécu l'événement le plus traumatisant de ma vie. Comme s'il fallait retourner et littéralement vivre sur le lieu du crime pour le revivre et le renommer. Pendant près de cinq ans, je resterai dans cette maison et j'y vivrai comme prêtre, Econome, Professeur, puis enfin Directeur du Séminaire. J'occuperai la même chambre où une balle avait transpercé la fenêtre et s'était logée dans le mur au-dessus du lit qui sera le mien; je marcherai et passerai chaque jour devant la salle d'études où j'aurais pu être exécuté quelques années plus tôt; je m'agenouillerai et prierai dans la même chapelle qui était restée immaculée lors de l'attaque; je marcherai devant le domaine marial derrière lequel des corps d'hommes avaient été jetés; je m'assoirai sur la terrasse où nos bourreaux avaient pris de l'alcool pour noyer leur crimes; je croiserai en silence et reverrai les parents de Kongi mais ne leur dirai pas ce que j'avais vu cinq ans plus tôt. Je garderai tout dans mon coeur. J'avais été souillé en un seul jour, mais j'ai eu besoin de plusieurs années pour analyser, méditer, revoir, balbutier une explication et tenter de guérir et de soigner. Avec mes collègues, nous reconstruirons non seulement les murs de ce séminaire, mais aussi et surtout la fierté d'être du terroir. J'ai pu faire mon deuil et j'ai pardonné à ces hommes qui nous ont fait ce mal ce jour-là. Je n'ai rien oublié de ces jours-là, je n'ai oublié personne.

Après l'assassinat de Laurent-Désiré Kabila en janvier 2001, le pays connaîtra une série de turbulences. Le fils du défunt président, Joseph Kabila, sorti lui-même de nulle part, atterrit au sommet de l'Etat dans des conditions que seule l'histoire révélera. Un mélange hétéroclite d'anciens sbires de

Mobutu, d'anciens rebelles et d'un grand nombre d'autres personnages insolites prirent les commandes du pays, dans un amateurisme notoire dont le pays subira les conséquences pour longtemps. Près de vingt ans d'incompétence durant lesquels le gouvernement vendra littéralement le pays en accordant des contrats opaques à des multinationales sans loi ainsi qu'à des gouvernements étrangers sans coeur. Des ressources humaines et minières seront ainsi gaspillées sous l'oeil complice et les mains sales de beaucoup de compatriotes corrompus.

Aujourd'hui, le pays est de nouveau tombé entre les mains d'une nouvelle classe politique composée de médiocres, sans légitimité et qui brillent par une arrogance inhabituelle dont le peuple est déjà fatigué et dégoûté. Des hommes et des femmes sans vision guident un peuple sans mémoire. Désenchanté et à bout de souffle, le peuple congolais est à genoux, vivant comme en exil à l'intérieur des frontières de son propre pays. Je ne peux pas m'expliquer comment cette quête effrénée et égoïste pour un enrichissement rapide a pu aveugler l'élite du Congo au point de piétiner et de cracher sur les pauvres citoyens. Je ne sais pas expliquer à ma progéniture comment des élus peuvent manifester un manque de respect aussi flagrant à l'endroit des populations dont ils ont la charge. Ce mépris pour la vie n'est pas le lot des seuls Congolais. Loin de là. C'est tout le continent africain, du Nord au Sud, de l'Est à l'Ouest, qui traverse une tragédie similaire dont les responsables sont connus et ont très souvent le même profil: diplômés, prétendument croyants, insatiables, paresseux, arrogants, voleurs, menteurs, lâches, tribalistes, impitoyables, mercenaires et impunis. Voilà le type d'hommes et de femmes qui ont malheureusement eu à présider à la destinée de la large majorité des pays d'Afrique au cours de ces soixante dernières années. Il n'est pas trop tard pour sortir du gâchis et exorciser une fois pour toutes cette malédiction qui impose injustement la pauvreté à un peuple innocent qui vit sur des terres riches et fertiles héritées d'ancêtres ingénieux et travailleurs. Il s'agit aujourd'hui d'une urgence, car cette élite africaine insolente impressionne et fascine un nombre grandissant de jeunes qui la prennent pour modèle et commencent dangereusement à croire que le seul, rapide et facile moyen de s'enrichir c'est d'occuper un poste de responsabilité publique. Ceci présage un cycle infernal où les brimés d'aujourd'hui attendent patiemment leur tour pour devenir les spoliateurs de demain. Et si l'on n'y prend garde, le continent risque bientôt de consacrer ces pratiques honteuses et d'ériger en culture cette mentalité irresponsable et suicidaire. Cet irrespect du peuple africain par ses propres enfants n'a que trop duré. J'en appelle dans l'immédiat à un examen et une prise de conscience pour regarder la réalité en face. Le monde entier observe et attend de voir ce que les fils et filles d'Afrique vont entreprendre pour aborder cette crise. Le monde entier attend de voir ce qu'ils feront de leur futur. Seront-ils à la hauteur du défi qui est le leur? Sauront-ils honorer leurs ancêtres? Sauront-ils se relever de la poussière et relever leurs têtes? Sont-ils prêts pour le décollage? Vont-ils une fois de plus reporter *sine die* le jour de leur renaissance tant attendue? Vont-ils enfin et une fois pour toutes décider de regarder leur continent avec de nouveaux yeux? Quand vont-ils enfin commencer à se respecter et à respecter leur continent? À quand cette Afrique rêvée par nos Pères et pleurée par nos Mères? La réponse est attendue impatiemment. Le temps des excuses est révolu.

Oui, la nouvelle génération des Africains est prête à écrire la nouvelle histoire qui est la sienne. La nouvelle jeunesse africaine est prête à donner une nouvelle trajectoire à sa destinée. Je la vois. Oui, aujourd'hui les jeunes Africains sont déterminés à donner une nouvelle épithète à leur continent et une nouvelle saveur à leur avenir. Je le sens. Oui, bientôt, on ne parlera plus de l'Afrique de la même manière. Bientôt on ne regardera plus l'Afrique avec le même oeil. Journalistes, préparez-vous au nouveau vocabulaire. Poètes, changez de plume. Soldats et hommes d'Etat, changez votre fusil d'épaule. Musiciens et peintres, changez la game et les couleurs. Enseignants, changez d'ardoise. Maçons et charpentiers, changez de marteau. Pères et mères, changez vos coeurs. Jeunes et enfants, changez d'oreille. Le vent du changement est là qui arrive avec fracas. Il ne vous attendra plus. Il passera bientôt. Ne lui résistez pas. Il vous emporterait. Ne résistez pas à l'Afrique. Respectez-la. Ce que vous résisterez persistera.

> *"Le serpent qui ne change pas de peau meurt"*
> *(Nietzsche)*

CHAPITRE 4

25 mai 2020. Une énième victime Noire de trop

Vingt-deux ans s'étaient passés après le drame de Lubuye. Pendant ces vingt-deux ans, j'ai été béni et j'ai pu voyager et travailler au Congo, puis en France, aux Etats-Unis, au Mali, au Bénin, à Djibouti, au Bahrain, en Érythrée, au Sénégal, et ailleurs bien entendu. Vivant et travaillant dans plusieurs pays sur plusieurs continents, j'ai continué à partager ma peine, à prier et à guérir, mais surtout à chercher un sens et une réponse. Mais c'est en 2020 que le puzzle s'est clarifié et que toutes les pièces se sont définitivement jointes. Beaucoup d'autres bavures et meurtres avaient eu lieu avant 2020. Ils sont d'ailleurs le lot quotidien des personnes de couleur en Amérique. Mais un incident en particulier a résonné autrement. Même brutalité, même violence, même irrespect pour la vie.

George Floyd. Son assassinat brutal, froid et lâche le 25 Mai 2020 avait suscité manifestations, débats, violences et autres heurts. Ce meurtre ignoble avait déclenché une vague d'indignation et avait fait couler de l'encre, de la salive et … du sang, non seulement aux Etats-Unis, mais aussi à travers le monde. Un homme Noir de 46 ans est asphyxié par un policier Blanc quinquagénaire qui, les mains dans ses poches et pendant neuf minutes appuie son genou sur le cou de sa victime pourtant non armé et déjà assujetti.

Aidé dans cet acte macabre par trois autres policiers qui immobilisent leur proie au sol, le truand est froid, insensible et sourd aux supplications de l'infortuné -supplications inlassablement relayées par les passants désabusés. "Je ne peux pas respirer", "Je ne peux plus respirer", "Pitié", "Maman, j'arrive", "Je ne peux pas respirer", "Je ne peux pas respirer", supplie George Floyd plus de vingt fois. Pendant neuf minutes.

Filmée par quelques autres passants, la scène est difficile à regarder, impossible d'expliquer, impossible d'oublier. Comme un animal, George Floyd est sacrifié en plein jour sur l'autel de l'insolence policière et de la suprématie blanche. Neuf minutes longues, neuf minutes lourdes, neuf minutes sombres qui voient un être humain perdre successivement sa voix, ses forces, et enfin son souffle. Comme un ballon troué et pressé perd de l'air et s'effondre, c'est un homme, un père qui s'effondre et qui meurt. Une énième victime Noire de trop. Quatre agents de l'ordre assassinent un citoyen américain, un homme, en pleine rue, en pleine journée. Pour vingt dollars.

Quel gâchis! Quelle perte! Pourquoi? Encore? Où allons-nous? Nous sommes fatigués! Nous sommes fatigués d'être fatigués! Assez! Voilà autant de paroles entendues dans les rues ou sur les plateaux de télévision. Ces mots sont les miens, ils sont ceux de ma progéniture, ils sont ceux des millions de personnes à travers le monde.

Une question absente de tous les débats télévisés et même de toutes les manifestations relayées par les médias était: Comment? Voilà la question de fond. Voilà la question clé. Comment un homme peut-t-il en tuer un autre comme ça, avec autant d'aise? Il doit y avoir un déficit spirituel d'une autre nature ici.

Pitié, gratitude, crainte

J'ai d'abord hésité, pendant près de quatre jours, à regarder la vidéo du meurtre. Elle était pourtant partout, sur CNN, sur Youtube, sur tous les réseaux sociaux et même dans mes courriels. Tous les journaux, toutes les chaines de télévision ne parlaient que de ce meurtre. Mais, ayant vu et entendu les réactions autour de moi, je m'étais (comme j'aime à le faire) refusé à l'exercice. Pour deux raisons. Je supporte difficilement les images violentes (et je savais que ces images seraient à la fois brutes et brutales); et aussi, d'habitude j'essaie aussi autant que je le peux d'éviter toute émotion ou réaction suscitée par les médias (et Dieu sait combien ces derniers ont jonglé avec ces images, pendant de longues heures!). Il me fallait un autre espace, un médium différent pour ausculter l'événement et tenter d'en déchiffrer la teneur et l'interprétation derrière.

Au bout de cinq jours, j'ai enfin pris le courage entre mes mains, j'ai prié et j'ai visionné une vidéo mise en ligne par le New York Times. Vrai travail d'expert, il s'agissait en fait d'un reportage assemblant images de caméras de surveillance et autres vidéos téléchargées par des témoins. Un labeur de fourmis en 3D interactif et concis. J'ai donc regardé chaque seconde de chaque minute de ce document. Je savais que ce serait une torture, mais il fallait le faire. Mes sentiments ne valaient pas devant le sort malheureux infligé à cet homme. Il fallait les sacrifier. J'ai donc tout regardé. J'ai tout vu. De tous les angles. Je ne pouvais pas respirer. Je n'ai pas pu dormir pendant plusieurs jours. L'attitude cavalière et nonchalante du tueur, son visage arrogant et sa posture presque décontractée, ses mains dans ses poches, son regard froid et dédaigneux, tout, tout de cet homme m'a dégoûté, révolté et m'a hanté pendant plusieurs semaines. Mais il y avait plus à labourer, plus à creuser.

J'avais appris il y a bien longtemps qu'il y a trois qualités qui définissent l'humain: la pitié, la gratitude et la crainte (ou la honte). Elles sont les filtres qui devraient précéder toutes nos actions, elles sont les piliers de notre conscience. La pitié comprend et pardonne, la gratitude remercie et valorise, et la crainte est prudence et retenue. Quand on a perdu ces qualités, on a tout perdu, on s'est perdu. On a perdu son âme, sa conscience, le sens même de sa vie. On est un homme, mais on cesse d'être humain. Et c'est ce qui est arrivé à ce policier. Il a franchi toutes ces trois étapes et a refusé d'écouter sa voix intérieure. A tout moment, il pouvait stopper ou même freiner sa descente aux enfers, mais on a choisi de dire non.

Il pouvait arrêter ne serait-ce que par pitié pour cet homme menotté et impuissant qui l'implorait sans cesse. Mais il n'a pas écouté. Il pouvait arrêter ne serait-ce que par gratitude pour son travail, pour cet homme, ce contribuable, ce membre de la communauté qui embauche et paie les policiers. Mais il n'a pas écouté. Il pouvait arrêter ne serait-ce que par crainte, crainte de la loi, crainte (ou même seulement honte) du regard des multiples témoins qui eux aussi l'imploraient sans cesse et filmaient le meurtre. Mais il n'a pas écouté.

Pas de pitié pour un homme qui supplie pour sa vie; pas de gratitude pour la société qui emploie et prend en charge la police avec l'argent du contribuable; pas de crainte pour la loi (dont le policier savait bien qu'elle le protégerait malgré tout. Il en avait l'habitude). Pas même de gêne devant la foule de passants qui voient et enregistrent. Et c'est tout ça qui a choqué.

Pour arriver à un tel degré de mépris, il faut n'avoir aucun respect pour l'être humain, il faut n'avoir aucun sens de dignité personnelle.

Des images qui parlent d'elles-mêmes

Sept jours après cette violente bavure, une de mes collègues m'a téléphoné pour me poser une série de questions que beaucoup de personnes de couleur ont probablement reçues de la part de leurs amis, voisins ou collègues blancs. Les questions étaient les suivantes: "Veux-tu parler de ce qui vient de se passer?", Comment va ta famille?", "Que puis-je faire?", "Eduque-moi", "Que pouvons-nous faire?"

Ma réaction initiale était quelque peu confuse, et presque même un peu irritée. Confuse parce que, en fait, je ne savais pas par où commencer. J'étais sans mots. Comment faut-il amorcer et mener une pareille conversation? A quoi servirait-il de parler de ce que tout le monde a vu? Quel intérêt y a-t-il à parler des images qui parlent d'elles-mêmes? Et pour quoi? Pour quelle finalité? Un peu irrité aussi parce que je commençais à me demander et étais même sur le point de demander à ma collègue, "Si à cet âge, si à ton âge tu ne sais toujours pas ce que c'est que le racisme, et si à ton âge, tu ne sais pas qu'il faut accorder le respect à la vie des autres sans condition, alors, qu'attends-tu de moi?". Mais je ne l'ai pas fait.

A ma très grande surprise, notre conversation s'est bien déroulée; et miraculeusement, je me suis même senti libéré, comme si quelques kilos de colère et de révolte s'étaient volatilisés à travers ce portable que je collais à mon oreille gauche. Tout ce que je lui ai dit, c'est que, plus que d'amour et de pitié, nous avions besoin de respect. Rien que de respect.

Donner de l'amour à qui demande le respect c'est comme donner du pain à quelqu'un qui a soif.

Un autre collègue, lui -un Bahraini d'origine iranienne-m'a carrément provoqué. Et je l'ai remis à sa place tout de suite. Sa question consistait à savoir si oui ou non je pensais que le policier qui avait tué George Floyd l'avait fait intentionnellement, insinuant que la mort de cet homme n'était qu'une maladresse, un accident malheureux et regrettable survenu lors d'une interpellation policière. Un autre ami, sans faire référence à la violence du meurtre, a plutôt voulu me brosser le passé pas très pur de George Floyd. Un autre enfin m'a exprimé sa déception par rapport aux reportages sur les scènes de pillages qui d'après lui jetaient un discrédit sur les revendications pourtant légitimes des manifestants.

La vérité que ces amis avaient du mal à admettre c'est que Mr George Floyd avait été assassiné de cette manière tout simplement parce qu'il était un homme Noir. Ici n'est plus le lieu de le démontrer. Une littérature dense existe là-dessus, et le verdict du procès de son bourreau en été 2021 l'a étalé et illustré si brillamment.

(se) Rappeler, se repentir, (se) respecter, renoncer, restaurer

A la gangrène du racisme systémique qui sévit aux USA et partout dans le monde, un diagnostic et un remède s'imposent. Les violences policières, et notamment l'assassinat de George Floyd, ont permis de démasquer une longue, profonde et pénible crise dans la société américaine. Une pause s'impose. Je n'ai pas résisté à l'impératif. J'ai fait ma pause. J'ai regardé dans mon miroir, et j'ai eu comme une révélation. **Rappeler**, **se repentir**, **respecter**, **restaurer**, **renoncer**. Tout un programme!

Ré-écrire l'histoire

On le voit bien, et on le verra plus clairement encore à travers ces pages, le **devoir de mémoire** est plus que jamais de mise. Il nous faut ré-écrire l'histoire tronquée de l'Amérique -histoire dans laquelle bourreaux, victimes et spectateurs auront enfin une même chance de témoigner. Histoire dans laquelle la voix n'est plus seulement accordée au chat, mais aussi à la souris. Cette histoire nous poussera et obligera de nous que **nous nous repentions** de nos violences, nos silences, nos hypocrisies et nos complicités. Ensuite, tous nous devrons professer que **le respect** pour les victimes et pour toute personne humaine n'est pas négociable. La vie est sacrée. Ceci est un engagement que tout citoyen américain devra prendre et renouveler. **La renonciation** à certains privilèges -ceux qui aujourd'hui sont déniés aux minorités noires- sera aussi nécessaire. Ceci sera le défi et le test ultime pour garantir l'honnêteté anti-raciste. N'accepter un privilège que si tous les autres citoyens y ont accès. C'est le seul gage attendu de nos compatriotes blancs. La **restauration** -disons mieux la réparation- est logique et de mise. Elle permettra de panser les plaies des inégalités sociales injustes et malheureusement séculaires. Ceci est un devoir moral pour le gouvernement.

Une urgence

Le racisme est une urgence. Il l'a malheureusement toujours été. Et il devrait être défini, expliqué, abordé et traité comme tel. Une urgence. Et c'est vraiment dommage que nous l'ayons traité jusqu'à présent comme un malaise saisonnier. Et le résultat est là, accablant. Le bilan est implacable. Une plaie puante. Des millions de morts. Des blessures intérieures toujours béantes. Quatre siècles de métastase sociale sans issue à l'horizon. Ce problème devra constituer pour nous une urgence incontournable, une urgence permanente. L'histoire nous guette. Le compte à rebours a déjà commencé. Nous ne disposons pas de beaucoup de temps pour mettre fin à cette tragédie. Il nous faut agir hic et nunc, ici (partout) et maintenant. Il s'agit d'une urgence non seulement parce qu'il y a mort d'hommes et de femmes, mais aussi parce que l'avenir et l'essence mêmes de l'Amérique sont en jeu.

Bâtie sur le racisme, l'Amérique est en voie de disparaitre pour de bon à cause de ce même racisme. C'est une crise profonde. La décadence de l'Amérique ne sera pas causée par une force extérieure. Elle sera volontaire, *self-inflicted.* Ayant acquis son prestige en grande partie grâce au travail des esclaves Noirs, l'Amérique est aujourd'hui en train de voir s'effondrer son autorité morale et même décliner son influence et sa force de levier, à cause de ce même péché racial. Comme un serpent qui se tue en se mordant la queue, le péché originel rattrape l'Amérique et signe sa fin des temps. La Genèse de l'Amérique signe son apocalypse.

Nous voilà en plein milieu d'une urgence. Cependant, comme avec les urgentistes ou les sapeurs pompiers, l'urgence ne nous exonère pas de réfléchir. D'ailleurs elle nous impose plus de réflexion qu'en temps normal. Une réflexion profonde. Parce que, comme dans toutes les situations d'urgence, la réponse doit être précise, rapide, efficace, et surtout, elle doit par nature sauver, sauver des vies. Parce que, en fait et en effet, il est question de sauver des vies humaines; il est question de sauver l'Amérique. Une fois pour toutes. Et cette fois c'est la dernière. Cette chance est la dernière. Nous ne pouvons plus rien attendre. Si nous ratons cette chance la létalité de cette urgence ne nous pardonnera pas. Ce ne sera pas facile, mais ce sera une question de vie ou de mort. Cette situation qui n'a que trop duré exige de tous énormément d'imagination en assez peu de temps.

Bonne nouvelle. Quand on regarde de près l'histoire lointaine et celle surtout récente des Etats-Unis, on voit bien que, chaque fois que ce pays a abordé un problème avec une perspective (*mindset*) d'urgence, c'est en effet tout le système qui s'y est mis, la mobilisation a suivi, et les résultats ont souvent été impressionnants. Prenons l'exemple pas très ancien de la lutte antiterroriste au lendemain des attentats du World Trade Center le 11 septembre 2001. Des lois ont été votées sans tarder, des commissions d'enquête mises sur pied instantanément, des milliers de cellules antiterroristes érigées à coup de milliards de dollars de budgets annuels, de nouvelles (et innovantes) formations conçues et offertes à des milliers d'hommes et de femmes, une coalition planétaire établie en temps-records pour contrer la menace, etc. Les Américains (et le monde entier ensuite) sont allés jusqu'à sacrifier fièrement certaines de leurs libertés sur l'autel de la sûreté et de la sécurité nationales et globales. L'arsenal érigé est en fait une liste interminable d'efforts et d'actions que les Américains comme un seul homme ont considéré absolument nécessaires et à la hauteur de l'urgence. On pourra toujours questionner moralement et même légitimement critiquer la nature, les méthodes et les résultats de certains de ces programmes de lutte contre le terrorisme. Mais l'honnêteté scientifique nous oblige d'accepter que la mobilisation a été telle que, si pareilles vitesse et détermination, si pareille unanimité, si pareils moyens étaient intelligemment appliqués pour combattre le racisme en Amérique et partout ailleurs, vous conviendrez que nous ne serions sans doute pas où nous sommes aujourd'hui.

Le problème avec la question du racisme en Amérique, c'est aussi que nous sommes à la fois victimes, responsables, mais aussi les seuls à pouvoir y mettre un terme. Quelle tâche! Nous sommes à la fois accidentés, responsables de l'accident, et aussi *"first and only" responders*, seuls sapeurs-pompiers pour mettre l'eau au feu. Personne d'autre, aucun autre pays ne résoudra le problème du racisme, parce personne d'autre à travers le monde ne comprend le problème du racisme américain. Seuls les Américains et les Américains seuls le comprennent et doivent savoir le résoudre avec les moyens dont ils disposent.

Si j'ai dit que le racisme américain ne peut être résolu que par les Américains eux-mêmes, c'est d'abord parce que ce racisme est unique, différent des autres types de racisme observés à travers le monde et à travers les siècles. Ceci ne veut aucunement dé-légitimer l'écoute, la consultation ou la collaboration avec des acteurs étrangers. L'Amérique pourrait en effet être éduquée et édifiée (ou en tout cas s'inspirer) par les expériences vécues par d'autres peuples à travers le monde et à travers l'histoire. Cependant, j'ai observé la société américaine avec mes yeux informés d'immigré africain ayant vécu dans trois continents et plus de 25 pays différents. Je dois admettre que la culture américaine, y compris sa culture raciale, est un peu étrange. Le racisme anti-Noir en Amérique me paraît unique pour trois raisons. Avant de présenter ces raisons, je voudrais d'abord aborder la question de la définition-même du racisme. Je montrerai ensuite en quoi consiste à mon avis l'unicité du racisme anti-Noir en Amérique.

La question de la définition du racisme a fait débat. Pendant très longtemps. Ces discussions terminologiques et étymologiques ne sont pas inutiles, mais elles sont devenues agaçantes. Elles sont entretenues, voulues, nourries, parfois par des politiciens et autres acteurs racistes eux-mêmes qui profitent de la confusion autour du terme parce que cette confusion et cette controverse artificielles reportent sine die l'unanimité pourtant évidente sur l'action anti-raciste. Il s'agit d'une vieille méthode. Voilà pourquoi je choisis de ne pas apporter l'eau au moulin de ces détracteurs sociaux. Je décide de faire partie de la solution en brisant la chaine du silence. Je vais par contre présenter une définition du racisme qui pour moi est exhaustive.

Déni d'humanité. Déni d'identité

Le racisme est un déni d'humanité et un déni d'identité. Je souscris à la définition que Albert Memmi donne du racisme selon laquelle "le racisme est la valorisation généralisée et définitive, de différences réelles ou imaginaires au profit de l'accusateur et au détriment de la victime, afin de justifier ses privilèges ou ses agressions". L'UNESCO y a donné son label. Cette définition met à nu la vraie nature du racisme et en étale le but ultime qui n'est autre que de légitimer les injustices et les violences infligées à l'autre. Le raciste tente lamentablement de justifier son irrespect envers la vie de l'autre en grossissant les différences réelles ou très souvent imaginaires.

Un racisme à part

Ce qui rend le racisme un peu unique en Amérique est aussi à chercher dans son histoire récente. L'esclavage a toujours existé dans le monde. C'est un mal multi-séculaire qu'on retrouve dans presque toutes les civilisations. Cependant, le cas des esclaves Africains est particulier. Le concept de l'esclavage ici est autre. Comparé aux autres formes d'esclavage à travers l'histoire, on constate que l'esclave Noir en Amérique n'est pas seulement inférieur, mais il n'est même pas considéré comme un être humain à part entière.

Il est d'abord et uniquement une marchandise, une matière première, un bien à vendre, acheter, marchander, et à utiliser pour enrichir un pays. L'esclave Noir qui tombe malade, qui meurt, qui s'évade ou s'affranchit par exemple, est considéré comme une perte considérable. Et jusqu'à aujourd'hui, dans le subconscient de beaucoup de certains Américains blancs, surtout au sein des forces de l'ordre, l'homme Noir dans la rue est non seulement un criminel, mais il est toujours déjà lui-même un crime en soi.

Par ailleurs, il est à noter un autre trait de ce subconscient répandu en Amérique, qui est en fait l'autre face du mal originel. J'ai observé ce trait du racisme un peu en France, mais beaucoup plus prononcé en Amérique. La croyance tacite mais que personne ne voudrait admettre, c'est que l'on ne devrait pas être Noir et brillant à la fois. Comme s'il fallait choisir. Soit on est Noir et alors on est supposé être médiocre, soit on est brillant, et donc on n'est sans doute pas Noir. Et on posera souvent à un Noir brilliant la question de savoir s'il n'a pas étudié en Occident, ce parce que, dans tous les cas, on voudrait que l'Occidental soit à la base de son émancipation. Un homme Noir brillant dérange, parce qu'il contredit le mythe et le credo blancs. C'est la raison pour laquelle, lorsqu'on est Noir et brillant ou indépendant, on s'expose souvent à une haine injustifiée ou alors à des qualificatifs qui ne tarissent pas: "Vous êtes arrogant", "Vous êtes un peu différent des autres Noirs", "Vous, vous devez être un Blanc à la peau noire". La liste est longue, et beaucoup de personnes de couleur vivant en Occident et surtout sur le sol Américain pourront en dire plus.

La dernière équation à mentionner à propos de la question des races en Amérique est que cette question est couplée avec celle de l'absurde problématique des armes à feu. Pour tout immigrant qui débarque en Amérique, comme je le fis il y a quelques années, il y a un débat saugrenu qui choque et choquera toujours. C'est celui non seulement du port des armes à feu mais surtout celui de leur usage abusif par une police très souvent incompétente et malheureusement militarisée à outrance. J'avoue n'avoir pas encore suffisamment compris les contours de la question, mais il est temps de démilitariser non seulement la police, mais tout le concept du patriotisme américain lui-même où la fierté nationale et l'usage du fusil semblent étrangement être les deux faces de la même médaille. Il faudra du courage à tous les Américains que nous sommes pour aborder cette question et y apporter une solution définitive. Le reste du monde nous prend en pitié s'il ne se moque pas de nous.

DEUXIÈME PARTIE

Le Pouvoir Du Respect

CHAPITRE 5

Quel remède pouvons-nous prescrire à notre monde et à nos familles? Quel est l'antidote pour guérir cette plaie et cette misère qui sont le lot de notre temps? Je propose que cette fois-ci nous essayions le respect. Ce mot simple n'est pas qu'un simple mot. Il a un pouvoir qui peut changer une vie. J'en connais et j'en goûte les secrets depuis mon enfance. Le proposer aujourd'hui comme devise et modèle est un privilège et un témoignage pour moi. Aussi est-ce avec humilité que je vais écrire les pages qui suivent.

Amour ou Respect?

J'avais fait pleurer mon père il y a près de trente ans. C'est la seule fois d'ailleurs dont je me souvienne. J'avais dix-huit ans alors et j'étais en vacances d'été à la maison familiale, revenant de ma première année de Philo à Bukavu. J'étais tout feu tout flamme, fier d'avoir enfin eu le privilège de pénétrer les secrets de la sagesse grecque, et comme tout grand adolescent, je pensais avoir tout compris. Mon père voulait savoir ce que j'avais appris à l'école. Tantôt je lui présentais fièrement Socrate et Aristote, tantôt je lui répétais les théories de Kierkeggard ou de Kant. Je me régalais de la fascination sur le visage de ce vieux laborantin qu'était mon père. J'avais inventé la roue.

Et puis, une après-midi, au cours d'une de nos longues et interminables conversations, mon père, du haut de ses soixante ans, me posa alors une question piège. La question me prit au dépourvu, comme une hameçon à ma gorge.

-Laurent, si tu avais à choisir entre le respect et l'amour, laquelle de ces deux vertus demanderais-tu?

Pris de court, je restai perplexe pendant quelques secondes. Je ne m'attendais pas du tout à une pareille énigme. Mon père m'accorda de prendre quelques minutes supplémentaires pour réfléchir si je le désirais. Chose que je fis et je l'en remerciai au passage. A vrai dire, je ne réfléchissais même pas; la question m'avait tué.

-Baba, dis-je en me raclant la gorge et me grattant le cuir chevelu, je pense que je choisirais l'amour.

-Tu es sûr, Laurent? me rétorqua-t-il.

-Oui, Baba, l'amour est le plus important. C'est lui que je demanderai.

Je regardai les yeux inquisiteurs et déçus de mon père pour un moment. Ils avaient un peu rougi et s'étaient brusquement mouillés.

-Oh Laurent, reprit-il visiblement lassé, l'air trahi et déçu. Tu as raté le test. Ne demande jamais l'amour des hommes. Ne l'attends même pas d'eux. Demande le respect au contraire et exige-le. Tu seras libre et heureux.

Je lui sortis et lui étalai mon argument, avec à l'appui certains passages bibliques récités par coeur. Mais c'est un papa abattu qui sortit du salon, alla à pas feutrés dans sa chambre et n'en sortit qu'à l'heure du dîner. Qu'avais-je fait pour le contrarier à un tel point? Il me faudra plus de vingt ans de vie professionnelle et d'expériences variées pour finalement commencer à comprendre ce que mon père avait voulu me transmettre. Tout le brouillard de la charade s'est alors dissipé. Il avait raison. Oui, mon père avait raison.

Une vingtaine d'années après cette conversation avec mon père, j'ai entendu une réflexion similaire auprès de nombreuses personnes d'un certain âge en Amérique, surtout dans la communauté afro-américaine. Ma femme Tammy m'a fait part d'un entretien similaire au cours duquel son père lui avait prodigué de toujours exiger le respect au lieu de l'amour ou l'acceptation des autres. J'ai commencé à me demander si le passé colonial et tout le destin commun des Noirs n'avait pas quelque chose à voir avec cette quête pour le respect que les parents voulaient à tout prix inculquer à leurs enfants. J'ai commencé à soupçonner que nos parents et grands-parents, quelque soit le continent, avaient comme une sorte de communion intime dans la souffrance leur infligée longtemps par des Européens.

Il est cependant impérieux de lever le doute d'entrée de jeu. Laissez-moi vous le dire déjà. Je connais le pouvoir de l'amour. J'en ai même expérimenté la puissance. Je n'en sous-estimerai à aucun moment la force. Au fil des années, j'ai appris à respecter l'amour parce que je l'ai expérimenté moi-même et l'ai vu à l'oeuvre dans la vie de milliers de personnes et de situations. L'amour, je le respecte. Celui de Dieu tout comme celui des humains. Oui, l'amour change les coeurs, l'amour transforme les communautés, il peut briser les montagnes et même braver les lois les plus têtues de la nature. L'amour réveille les morts, guérit les accablés et sauve in extremis les âmes engouffrées. Deuxième commandement de la Nouvelle Loi (Matthieu 22, 37), l'amour est l'arme la plus efficace qui soit. Le manque d'amour en revanche, on le sait, a été à la base de beaucoup de calamités sociales. Le manque d'amour a détruit les gens, tué les relations, déstabilisé les familles, interdit l'envol à plusieurs pays et a surtout créé toute une génération d'hommes et de femmes aigris et froids. Le manque d'amour est ce pneu crevé qu'il nous faudra absolument réparer pour que la voiture africaine et la locomotive mondiale puissent enfin redémarrer.

Pourquoi alors parler de respect plutôt que d'amour? me rétorquerait-on. Pourquoi ne pas alors à juste titre bâtir notre projet social commun sur cet amour dont nous confessons les attributs et célébrons les fruits? Pourquoi ne pas faire régner l'amour une fois pour toutes?

On ne peut pas exiger l'amour

> "Le respect est ce que nous devons; l'amour est ce que nous donnons", Anonyme

Le coeur de l'homme ne peut fabriquer l'amour. L'amour est donné, il est don et effusion. On ne peut l'exiger de personne. On ne peut que l'espérer et l'attendre, car par nature l'amour est libre et gratuit. Il ne peut ainsi qu'être espéré, promis, donné et reçu. C'est ce qui par ailleurs constitue sa beauté et son charme. L'amour ne saurait faire l'objet d'une quelconque revendication ou obligation. L'amour ne se décrète pas. Son intégrité est corrodée dès qu'il devient forcé.

Le problème avec nos pays et notre monde aujourd'hui c'est qu'il nous faut quelque chose qu'il serait possible d'exiger des hommes. Le niveau du délabrement moral de nos sociétés est tellement avancé que la seule attente d'un probable amour espéré des hommes ne saurait garantir un changement durable et sans délai. Notre monde ne peut continuer de ne dépendre que de cet amour que les hommes ont du mal à offrir et que personne ne peut exiger d'eux. Nous avons trop longtemps compté sur cet amour des uns pour les autres. Le résultat amer et cuisant est connu.

Par ailleurs, n'est-ce pas justement sous le masque fourbe d'une charité à sens unique que tout un continent a été complètement détruit et ses populations réduites et maintenues en esclaves? Pensez-vous que nous avons oublié comment, sous un prétexte fallacieux de transfert de civilisation et d'une charité non désirée, tout un continent a été envahi et abusé? Croyez-vous un seul instant que les Africains ignorent cette duplicité et cette hypocrisie dont certaines nations continuent à user pour prétendument sortir l'Afrique du gouffre de sa misère avec des promesses de charité et de générosité infantilisantes? Pensez-vous vraiment que les Africains ne voient pas l'arrogance des ONGs qui croient pouvoir "développer" leur continent alors qu'en réalité le but primordial est d'enrichir les expatriés, leurs pays d'origine et quelques Africains chanceux qu'ils emploient et à qui quelques miettes sont jetées? L'Afrique est-elle aveugle, a-t-elle oublié tout cela, pensez-vous? Non, les fils d'Afrique n'ont rien oublié, ils ne souffrent d'aucune amnésie. Non, les filles d'Afriques ont tout vu, elles ne souffrent d'aucune cécité. Non, l'Afrique se souviendra toujours de tout ce qu'on lui a fait et continue à lui faire subir, et elle enseignera à ses futures générations à faire autant. Non, l'Afrique n'a besoin d'aucune charité, l'Afrique n'a pas besoin d'être aidée, l'Afrique n'a pas besoin d'être aimée. Elle ne mendie aucune pitié de personne. L'Afrique et ses enfants n'exigent et n'ont besoin que d'être respectés. Après avoir été trop longtemps humiliés et désabusés, c'est la seule chose qu'ils attendent et exigent du reste du monde. L'Afrique ne redémarrera et ne libèrera son envol que lorsque ses fils et ses filles comprendront et vivront cet appel comme une devise intime. C'est tout leur amour-propre et leur propre avenir qui en dépendent. C'est le respect du reste du monde pour eux qui en dépend. Oui au respect et non à la fausse charité. Non à cette "aide" qui n'aide pas mais tue, humilie et détruit. Oui au partenariat qui respecte et valorise.

Le respect n'a pas à dépendre des sentiments, parce que même là où il n'y a ni signe ni évidence d'amour ou même de tolérance, le respect pourrait toujours être exigé des hommes. On ne peut forcer l'amour, mais on peut forcer le respect. Le respect est obligatoire et ne devrait pas se quémander. Il n'est pas une faveur à attendre et à recevoir, il est un dû à rendre et à réclamer sans cesse, car le respect est de l'ordre du droit et du devoir.

Choisir son camp

Il y a trois genres de personnes dans ce monde. Trois groupes. Trois camps. Il y a d'abord le groupe de ceux qui créent, maintiennent et se nourrissent des problèmes. Ils ne sont pas très nombreux, mais la létalité de leurs actions ne réside pas dans leur nombre. Il y a ensuite ceux qui analysent, parlent et vivent aussi des problèmes du monde, les trois quarts du temps sans aucune expertise. Ceux-ci sont très nombreux. Ils sont sur les réseaux sociaux et dans les médias. Il y a enfin un troisième groupe, qui grandit aussi. C'est celui de ceux qui résolvent les problèmes. Je nous convie toutes et tous à rejoindre ce groupe. Nous pourrions changer la face du monde et lui offrir une nouvelle trajectoire. J'ai intégré ce groupe pour faire partie des solutions et non des problèmes. J'ai choisi ce dernier groupe en proposant le respect comme un remède efficace au malaise qui est le nôtre. Si nous vivons le respect tel que présenté dans les pages qui suivent, je suis convaincu que nous pourrions résoudre une partie du problème. Si nous décidons de bâtir nos communautés sur la fondation solide du respect mutuel, il n'y a pas de raison de douter d'un futur différent de celui qui nous guette. Ceux et celles qui l'ont essayé en savent le secret. Les familles et les communautés qui le vivent en cueillent de doux fruits au quotidien et elles sont plus stables et plus heureuses. Les pages qui suivent sont un psaume pour le respect. Comme nous l'avons vu dans les pages des chapitres précédents, le manque de respect dégrade, blesse, paralyse et tue. Il nous faut une nouvelle éducation à ce respect qui revalorise, guérit, revitalise et vivifie.

CHAPITRE 6

RESPECTE-TOI

"Rien n'est avantageux qui te fait perdre le respect de toi-même", Marc Aurèle

Le respect est dignité. "Commence par te respecter toi-même, martela ma mère. On ne peut donner que ce qu'on a". Un adage très connu. Le respect bien ordonné commence par soi-même, car le respect de soi est le seul gage et la seule garantie pour le respect des autres. On ne peut respecter personne, on ne peut même rien respecter si au préalable on ne se respecte pas soi-même. Le respect est un fruit que l'on ne peut cueillir que de l'arbre qui porte le même nom. Le respect de soi est père de tous les autres. Pour ma mère et ses ancêtres, le respect est donc avant tout une question de dignité personnelle. Le respect de soi est sans doute ce qui manque le plus à notre génération. Il nous faut le rebâtir.

Comment vais-je me respecter?

- Reconnaître sa valeur

L'un des phénomènes de ce début du vingt et unième siècle que nous devons avoir le courage d'admettre c'est que nous vivons aujourd'hui sous la dictature implacable et cruelle du virtuel. Nous traversons une époque où la majorité des hommes croient que leur valeur se limite au nombre de personnes qui "likent" leurs publications sur les réseaux dits sociaux ou encore au nombre de "followers" sur leur page Facebook ou Instagram. Notre ère et ses nouvelles technologies ont réussi à convaincre une large majorité des hommes et des femmes que leur bonheur, leur grandeur voire le sens de leur vie ne dépendaient que du nombre d'approbations et celui d'applaudissements anonymes générés par leurs photographies ou leurs vidéos sur les plateformes virtuelles. Cette gangrène émotionnelle a infecté aussi bien les adultes que même les enfants dont la plupart souffrent aujourd'hui d'un manque de confiance en eux, grandissent si complexés et passent le reste de leur vie à mendier désespérément la validation des autres pour survivre. Ils ont pour ainsi dire sacrifié leur valeur intime et essentielle sur l'autel de plaisirs éphémères qu'offrent quelques émôticones stylisés sur leurs tablettes ou téléphones portables. Le respect de soi s'en trouve pour tout dire remis en question.

Comment peut-on reconnaître sa vraie valeur et forger ainsi une personnalité stable, heureuse, libre et autonome quand on est convaincu que sa valeur repose ailleurs et qu'elle dépend de l'aval incertain des autres? Comment peut-on espérer ou bâtir un avenir différent et meilleur avec une jeunesse aussi instable, aussi anxieuse et constamment complexée? Pourquoi regrettons-nous une jeunesse en manque d'amour-propre alors que toute leur enfance on les a bombardés avec des "héros" aux super-pouvois et aux attributs imaginaires qu'ils n'auront jamais dans la vie réelle? Un discernement honnête et urgent est nécessaire.

Se respecter voudra donc d'abord dire reconnaître surtout sa valeur essentielle dont la nature intrinsèque est celle d'une histoire sacrée. Il y a urgence de nous ré-approprier notre vraie valeur. Nous avons le devoir non seulement de nous ré-apprendre mais aussi d'enseigner aux jeunes générations que la valeur humaine ne peut pas se monnayer. L'opportunité est là de repenser notre société et ses priorités. Une nouvelle culture s'impose, une nouvelle vision est indispensable. Dès lors, les parents et tous les autres acteurs éducatifs ne seront jugés que sur leur capacité à édifier des hommes et des femmes qui s'acceptent, s'estiment et se valorisent pour ce qu'ils sont en vérité et non pour ce que le virtuel décide qu'ils sont ou ne sont pas. Il s'agit d'une véritable démarche de libération mais sans doute aussi de résistance dans un monde qui meurt faute d'âme. Voilà un des défis majeurs de notre temps. Nous pouvons refuser de le relever, mais nous ne pouvons plus faire semblant de l'ignorer.

-Donner de la valeur à ce que l'on a

Se respecter soi-même signifie aussi donner de la valeur, valoriser ce que l'on a. Loin de toute frime ou arrogance, il s'agit plutôt du respect, j'allais même dire de cette sorte de gratitude que nous sommes appelés à avoir pour ce que nous avons, y compris et en commençant d'abord par notre corps, cette maison ambulante qui est la nôtre. Le corps, maison de l'âme et temple de l'Esprit. Que faisons-nous de notre corps? Car notre corps ne peut nous rendre que ce que nous lui donnons. Comment le présentons-nous? Car la manière dont nous nous présentons est aussi une fenêtre de notre âme. Comment le regardons-nous? Car notre corps a la beauté du regard que nous lui portons.

Oui, se respecter c'est respecter son corps. Et respecter son corps voudrait dire le soigner, le nourrir avec équilibre, ne lui donner que ce qui le maintient et le fait grandir, en un mot le préserver et le libérer de tout ce qui l'empêche de performer à sa capacité totale, aussi bien physiquement que mentalement. Notre corps en effet possède des capacités incommensurables et ses pouvoirs cachés attendent encore à être découverts. C'est seulement quand on en prend soin, quand on le nourrit et l'hydrate, et surtout quand on le garde loin des toxines, que notre corps nous surprend en nous révélant certains de ses pouvoirs insoupçonnés. *Mens sana in corpore sano*, dirait l'autre.

Respecter son corps c'est aussi savoir bien le présenter, le couvrir, l'habiller avec honneur. Il ne s'agit pas ici de la sape telle qu'elle est vécue dans les rues de Kinshasa ou de Brazzaville. La sape est un aspect important de la culture urbaine dans les deux Congos et aussi dans la diaspora Africaine en Europe. Nous la chérissons tous et la promouvons sans modération. Cependant, ce que nous prônons ici est un concept différent. C'est un concept que nous avons prôné il y a une vingtaine d'années à Kalemie, en République Démocratique du Congo et dont les adeptes sont de plus en plus nombreux maintenant. Il s'agit du “Bonzenga”, provenant étymologiquement du terme lingala “Bonzenga” qui signifie non seulement la Propreté et la Beauté mais aussi la Pureté intérieure. Contrairement à la sape ou à la sapologie où la frime et les couleurs sont les mots-clés, le Bonzenga quant à lui prône la discrétion, la retenue et la forme dans la beauté. Alors que dans la sape l'un des buts principaux est d'impressionner, ici l'intention primordiale est d'imprimer, imprimer l'âme de la personne à travers le vêtement. La sapologie est exhibition, le bonzega est révélation. Là, on s'habille pour frapper l'oeil, ici on ouvre l'oeil par l'habit. Le sapeur porte l'habit. Le bonzenguiste habite ce qu'il porte. Une autre différence entre les deux mouvements, c'est que le concept du Bonzenga ne concerne pas seulement l'habit, mais il couvre tout l'habitat de la personne, y compris sa maison et tout espace que la personne occupe, et même son usage de la langue. La rue et l'espace public sont les lieux essentiels de déploiement du sapeur alors que pour le bonzenguiste, la propreté et la beauté du vêtement ne sont que le prolongement, disons mieux l'indice de son habitation et de sa pureté intérieure. La sape est un moment, le bonzenga est une habitude et une attitude. La sape est une religion. Le bonzenga est une école.

Comment regardons-nous notre corps? Comment être une femme en surpoids et accepter son corps dans un monde où la minceur et la minceur seule est plébiscitée comme la meilleure voire l'unique forme préférée dans le canon de beauté. Comment être un homme sans muscles et aimer son corps dans un monde où la masculinité est d'abord et seulement définie par le nombre de plis sur l'abdomen et l'épaisseur de l'avant-bras. Comment être jeune adolescent et accepter ou aimer son corps noir ébène dans un monde où les médias, la musique populaire et autres spots publicitaires présentent la peau blanche comme la plus attirante? Cette situation malheureuse a créé une majorité d'hommes et de femmes, jeunes et moins jeunes, qui vivent dans un corps où ils se sentent en insécurité permanente qui affecte leur amour-propre ainsi que tout le regard qu'ils portent sur leur propre chair.

Notre corps a la beauté du regard que nous lui portons. Eduquer une génération d'hommes et de femmes heureux et équilibrés devra donc passer par la promotion du respect et de l'acceptation de soi comme gages d'un avenir nouveau et plus harmonieux. Et ceci devra être la priorité pour nos familles et nos communautés, pour les élus autant que les électeurs. Des lois devront être passées pour que soit découragée et bannie toute structure ou organisation qui perpétuerait les rhétoriques de rabaissement d'une large majorité des humains sur la base de la couleur de peau, la masse corporelle ou autres. Le temps est aussi venu non seulement de dé-musculaniser la beauté masculine, mais aussi de dé-blanchiser la beauté féminine.

-Respecter son environnement pour protéger la planète et ses autres locataires

Ce que la pandémie du COVID-19 et bien d'autres calamités naturelles nous ont révélé (et continueront de révéler) c'est que sur cette planète, la nature d'un côté, les humains et leurs co-locataires de l'autre ont un sérieux problème relationnel. Les sept milliards d'habitants qu'abrite cette planète se comportent comme s'ils étaient sept milliards d'extra-terrestres vivant sur une planète dont ils ignorent le fonctionnement. Et ce problème apparemment insolvable dure trop longtemps. Une pause s'impose. Et j'ai fait ma pause. Si nous sommes sérieux et honnêtes envers nous-mêmes, je crois fermement que la voie pour s'en sortir consistera à **rappeler**, s**e repentir**, à r**especter**, à **restaurer** et à **renoncer**.

Pour éviter et prévenir une autre crise de la magnitude du COVID-19, ou même une autre encore plus dévastatrice, nous devrons sans cesse **rappeler** à tous notre statut de locataire sur cette planète mais aussi rappeler que nous sommes co-locataires avec des milliers d'autres espèces, et organismes, sans suprématie. Nous serons aussi appelés à nous **repentir**; nous repentir et payer pour les dommages commis. Tous les pays, les plus et les prétendus moins polluants, doivent s'engager résolument et urgemment pour renverser la tendance. Nous devrons également exiger de tous un **respect** inconditionnel de notre patrimoine commun, surtout les patrimoines locaux. Ceci et seulement ceci nous permettra de **restaurer** ce qui a été détruit. Il n'existe pas de déficit des moyens, mais plutôt une mauvaise foi caractérisée des dirigeants et des citoyens. Nous appelons enfin tous les Terriens à **renoncer** sans tarder, et de manière systématique, à certains plaisirs obsessionnels qui détruisent et causent la dégradation de notre Demeure commune. À la place de discours creux et de toutes les interminables promesses non tenues, je sais que sauver cette planète n'est pas tant une obligation de faire qu'une obligation de ne pas faire; c'est moins une affaire de choses à faire, mais plus une affaire de choses à cesser de faire. Et il nous faudra une fois pour toutes démasquer cette hypocrisie trop longtemps maintenue qui voudrait nous faire croire que la lutte pour la planète serait d'abord une affaire de gouvernants des pays les plus polluants. Il nous faudra assez d'audace pour mettre sans délai un terme à cette approche obsolète et stérile qui retarde sérieusement la fin de l'hémorragie. Le temps est venu de démocratiser et surtout de dé-G-vingtiser la lutte pour l'environnement et le climat. Cette vieille approche sélecte et bon-chic-bon-genre n'a fait que montrer ses limites. C'est tous comme un seul homme, comme le fils prodigue, que nous devrons retourner à la vraie vie, aux habitudes de nos ancêtres communs qui, avec peu ou même parfois presque rien, ont vécu heureux et ont pu garantir cette planète à leur progéniture que nous sommes tous; et nous ne devons pas l'oublier. La culture du renoncement, du moins et du minimum est la seule voie de rédemption pour nos pays. Et cette culture n'a pas besoin d'être quadrillée ou réglementée par un groupe de vingt personnes à la morale douteuse.

On ne le dira jamais assez, le salut de cette Nature Mère passera d'abord par un jeûne global à observer et à adopter comme notre nouveau mode de vie. Cette course effrénée vers les richesses, cette confusion longtemps entretenue entre croissance économique et progrès humain, cette soif jamais assouvie pour des gadgets inutiles et autres matériels de divertissement encombrants, voilà autant d'offenses qui continuent d'engorger notre sortie du gouffre. Jeûner de nos plaisirs de grandeurs et de nos jouissances, choisir de nous passer de tout ce qui est immodéré et de trop, et embrasser définitivement des moeurs plus détachées et plus sobres, voilà ce qui rachètera notre Maison commune. Ici aussi, il faudra le dire, la seule voie c'est celle du free-lance écologique, où chacun, là où il se trouve, commence par renoncer et vivre de peu. On n'a besoin d'aucune ONG pour définir ceci, car pour tout projet, pour toute organisation, pour toute initiative, la loi est que plus elle devient grande, moins efficace elle devient, et plus susceptible à la corruption et à la corrosion elle devient.

Laissez-moi vous le dire. Je peux témoigner des bénéfices incontestés du jeûne religieux autant que du jeûne médical. Avec des millions de croyants à travers le monde, mais également avec des milliers d'autres adeptes du jeûne intermittent, je connais la puissance du jeûne. Ceux qui connaissent cette puissance pour avoir fait l'expérience du jeûne et du détachement, pourront ainsi aisément en témoigner auprès de tous ceux qui décideraient de les adopter et de les appliquer comme modèles pour la gestion et la preservation de nos ressources naturelles. La Planète nous en serait redevable et nous en goûterions le doux fruit pour nous et pour les générations futures de qui nous avons emprunté cette planète. Même les "avancées" scientifiques et technologiques dont notre époque se vante tant seront invalidées si en retour notre espèce s'en trouve supprimée. Que sert à l'homme de gagner le monde s'il perd son âme?

-Respecter son temps

Le respect de soi est aussi respect pour le temps, le sien et celui des autres.

Il y a quelques années, alors que j'étais à la Pro-Cathédrale du Christ-Roi à Kalemie, je devais marier un jeune couple. Les messes de mariage avaient lieu les samedis après-midi à quatorze heures et elles duraient approximativement une heure ou une heure et demie. Ceci nous permettait alors de nettoyer et ainsi apprêter l'église pour une célébration suivante à seize heures juste. Ce samedi-là, les familles des époux étaient arrivées à l'heure. L'église étaient remplie. Les prêtres et les diacres étaient prêts er attendaient d'accueillir le couple au seuil de l'église. La mariée arriva à quatorze heures et quart. L'homme du jour quant à lui était introuvable. Silence radio pendant au moins trente minutes. On appela et appela encore, le téléphone sonna, mais personne ne répondait. On envoya des émissaires par motos à la recherche de l'époux, mais toutes les tentatives s'avérèrent infructueuses. C'est seulement vers quatorze heures cinquante cinq que l'homme se pointa surgissant de je ne sais où, veste à la main, visage tout suant et regard par terre. Cet incident malheureux perturba tout le programme cette après-midi-là et créa énervements et frustrations, et surtout causa frictions inutiles entre les prêtres et la famille du marié. Cause officielle du retard: Le tailleur du costume nuptial n'était pas prêt avec la commande.

Et tout récemment, il y a peut-être un mois, une amie artiste qui vit en Amérique latine poste et vend ses belles oeuvres sur verre à travers Instagram m'a fait part de sa frustration au sujet d'un de ses "clients". Un homme en effet avait passé une commande pour une peinture sur verre. Un travail de fourmis, qui demande énormément de temps, d'énergie et de ressources. Marché conclu et prix fixé, ma chère amie se mit à l'ouvrage. Elle annula au passage quelques-uns de ses rendez-vous pour honorer la commande. Après six semaines de dur et minutieux labeur, elle posta des images impressionnantes de la finition et reçut plusieurs messages de félicitations et d'encouragements sur les réseaux sociaux. Toute contente et satisfaite, elle appela donc son client pour la livraison de l'oeuvre. A la grande surprise de l'artiste, le client déclina de prendre l'objet d'art clamant contre toute attente que la pièce était trop chère. C'est une amie déçue et mécontente qui m'appela et qui, avec de gros mots, m'exprima sa profonde déception. Quel gâchis! Quelle perte de temps !

Une autre anecdote? Un Ambassadeur américain était invité à un dîner chez un chef local dans un pays où j'ai travaillé. L'invitation avait indiqué dix-huit heures. La veille, l'équipe de protocole de l'ambassade prit contact avec les proches et l'entourage de l'hôte et ils confirmèrent l'heure du repas. Le diplomate arriva dix minutes avant l'heure et était surpris de découvrir que le chef religieux arrivait aussi juste derrière son convoi. Ce dernier fut très embarrassé. Il accueillit son invité malgré lui et on pouvait voir dans ses yeux et ses agissements une gêne et une colère grandissantes. Il s'excusa quelques minutes et alla prendre sa douche. Lorsque ce chef indigné retourna au salon, c'est un Ambassadeur et son épouse visiblement frustrés qu'il retrouvait. Le diplomate jonglait et faisait appel à tous ses talents diplomatiques pour faire semblant de charmer son hôte qui, lui, lançait de petits sourires jaunes entrecoupés de silences gênants. C'est seulement autour de dix-neuf heures quarante cinq que de jeunes dames entrèrent pour dresser la table et commencèrent à placer les délicieux mets et autres boissons. Le dîner commença finalement un peu après vingt heures. On peut aisément imaginer la température et la tension autour de cette table accueillante.

Je comprends que dans certaines cultures, la notion et le concept-même du temps sont fluides parce que le temps dans ces cultures n'est pas forcément lié au concept de l'exactitude de l'horloge suisse. Et je respecte cette approche qui donne au moment et à l'instant d'autres dimensions qui nous sont étrangères. J'avais aussi appris -et je le sais maintenant- que dans certaines cultures, la ponctualité aux repas ou autres rencontres sociales pourrait être mal prise et même être considérée comme impolie et irrespectueuse. Là aussi je m'incline devant la singularité de ces codes sociaux qui ne cessent de nous dépayser. Le seul souci avec ces codes c'est qu'ils sont très souvent tacites et ce sont toujours les autres qui sont obligés de les deviner.

Cependant, le respect de soi en ce vingt et unième siècle devra vraisemblablement inclure le respect pour le temps. Le temps pour tous. Le développement de nos pays et la santé de nos économies en dépendent en large partie. L'heure de l'horloge est définitivement devenue la Ligua Franca des relations interpersonnelles et des affaires. Ne pas la respecter, c'est non seulement manquer d'estime pour les autres, c'est presque leur voler et gaspiller leur temps, mais c'est aussi trahir un manque de considération pour soi-même. C'est une désacralisation du code social et du code personnel. "Le retardataire a toujours tort", répétait sans cesse une de mes "Maîtresses" d'école primaire. Voulez-vous qu'on vous respecte? Commencez par respecter l'heure. L'heure c'est de l'or.

-Avoir de l'estime pour ses origines.

> "Lorsque tu ne sais où tu vas, regarde d'où tu viens". Proverbe africain

"D'où venez-vous?" C'est la question préférée des Américains. Il ne se passe pas un seul jour sans écouter cette question. Dans le train, sur le trottoir, dans les fêtes ou dans un cabinet médical, il faut toujours s'y attendre. Quand on a un brin d'accent ou quand on n'en a aucun, les Américains vous poseront cette question. Certains qui reçoivent cette question se fâchent et la prennent mal, pensant que l'intention non avouée de l'interlocuteur serait d'insinuer qu'ils n'étaient pas "assez" Américains. D'autres, pris de court, n'ont souvent pas de réponse prête à donner. J'ai longtemps fait partie de ce dernier groupe. Je n'en fais plus partie. J'ai créé un autre groupe. Lorsque cette question m'est posée, ma réponse est prête, presque mémorisée, et elle est toujours suivie d'une question: "Et vous, d'où venez-vous?" Voici comment je réponds: De par mon sang, je suis Congolais. De par ma culture, je suis Africain-Français. De par mon choix, je suis Américain". Fier de cette riche culture à multiples couches, en 3D, j'étale ensuite tout joyeux et enthousiaste les détails pour chacune d'elles. Et je sais combien cette réponse génère d'émotions et comment ces paroles simples font briller les yeux.

Oui, je suis Congolais par le sang. Le Congo d'où je viens n'est pas celui de CNN ni celui de RFI, mais celui que seuls les ancêtres de ma mère ont le droit de nommer. Oui, le sang de mes ancêtres coule dans mes veines. Oui, je suis né et j'ai été élevé en Afrique Centrale, dans la Région des Grands Lacs africains. Les eaux du Tanganyika et des Kivu coulent dans mes veines et dans mes yeux aussi. Les racines profondes de l'arbre que je suis et des fruits que je donne sont dans le sol du Congo, dans le Katanga profond. Oui, le Congo, ce pays le plus beau et le plus riche de la planète, ce pays qui recèle plus de cinquante pour cent des eaux douces d'Afrique, ce pays qui fascina Livingstone, perturba Conrad et allaita la Belgique.

Ce Congo qui fait respirer Wall Street, ce pays immense avec sa centaine de millions d'habitants, sa superficie de continent et ses quatre-cents groupes ethniques et langues. Oui, ce pays où la musique et la danse sont des drogues autorisées, où la cuisine est une poésie et où le vêtement est un credo. Ce pays dont le Bon Dieu Lui-même rêva, qu'il imagina et conçu en premier, un beau matin dans son éternité, c'est le pays qui m'a vu humblement naître et gracieusement élevé. Je suis Coltan, je suis okapi, je suis Kikwit et Uvira, je suis Inga et Bonobo, je suis Gbadolité et Mbuji-Mayi, je suis Zongo et Wagenya. La chaleur du Congo est dans mes mains.

Je suis aussi Sankara, je suis Lumumba, je suis Senghor et Mandela, je suis Ramsès et Soundiata, je suis Tshombé et Kunta Kinte. L'histoire de l'Afrique est dans mes yeux. Je suis Gorée, je suis Zanzibar, je suis Tombouctou et Djibouti, je suis Abomey et Alexandrie, je suis Rabbat et Harare. Le parfum de l'Afrique est dans mes pores. Je suis Intore, je suis kora, je suis kalimba et balafon, je suis djembe et marimba, je suis ngoma et begena. Les rythmes et médolies d'Afrique sont dans mes hanches.

Je suis Camus, je suis Voltaire et Maupassant, je suis Sartre et Veil, je suis Molière et Dumas, je suis Césaire et Fanon. L'alphabet français est sous ma langue. Je suis Paris, je suis Vannes, je suis Marseille et Quiberon, je suis Brocéliande et Orléans, je suis Bordeaux et Montpellier. Le charme français est dans ma chair. Je suis Sauvignon, je suis Cidre, je suis crêpe et Brie, je suis galette et foie gras, je suis ratatouille et bourguignon. La fourchette française est dans mon ventre.

Je suis Américain par choix. Autant je respecte celui des uns et des autres, autant je demande qu'on respecte le mien. Car choisir c'est exister, et exister est un acte libre. J'ai donc librement choisi de devenir Américain parce que j'ai aimé le rêve et l'esprit américains. Ce pays m'a accueilli et m'a autorisé de posséder certains rêves et de croire qu'il était de nouveau possible de les réaliser, redonnant ainsi un sens et un nouvel élan à ma vie. Venant d'un pays où rêver n'était reversé qu'à une poignée mais était devenu une aubaine voire un crime pour beaucoup, émigrer au pays de Obama fut comme la fin d'un cauchemar et le début d'une nouvelle espérance. L'Amérique est un pays où tout est grand: les routes, les immeubles, les rêves, les ambitions, les espoirs, et même les erreurs. L'on pourrait penser que devenir Américain est une folie de grandeur. En ce qui me concerne, j'ai choisi ce pays et sa citoyenneté non seulement pour honorer l'accueil que ce pays et son peuple m'ont gratuitement réservé, mais aussi pour pouvoir embrasser les opportunités qui m'étaient offertes et qui m'incitaient à me donner entièrement en retour. Vivre et travailler aux côtés des Américains, que ce soit dans mon Etat du Maryland ou avec les militaires et les diplomates m'a changé et a dilaté mes horizons. En retour, et à l'instar de millions d'immigrés africains, je suis aussi fier d'avoir apporté de mes talents, de ma chaleur, ma vision du monde, mon accent, mon humanité et ma foi à mon nouveau pays. Je serai éternellement reconnaissant pour les bénédictions dont Dieu m'a couvert comme immigrant sur le sol américain, et je serai toujours prêt à rendre humblement service sous l'emblème de cette patrie qui est la mienne.

Devenir Américain n'a pas été un choix facile. J'ai mesuré et l'ai vécu jusque dans ma chair, la signification de ce choix pour moi et ma progéniture. La peine d'être automatiquement dépouillé de ma citoyenneté originelle n'est dépassée que par l'espoir que cet article absurde sur la nationalité une et exclusive sera un jour revu et amendé par les élus congolais. Ceci nous offrira alors l'occasion, à moi et à des milliers d'autres, d'opérer le choix ultime et de faire le deuil en bonne et due forme.

Oui, se respecter c'est d'abord reconnaître et être satisfait de ses origines quelque modestes qu'elles soient. Il s'agit de véritablement réapprendre à parler de son passé en termes respectueux et reconnaissants. Pour pouvoir apprécier sa situation présente comme un cadeau et pouvoir entrer dans son futur avec sérénité, il est nécessaire de savoir d'où l'on vient et de savoir nommer tout ce qui nous a construit comme personne. Ignorer, mépriser ou même simplement être gêné de parler de ses origines, est un signe d'ingratitude et un manque de respect pou soi.

Que savons-nous de nos racines? Que dirions-nous de notre passé et de nos origines? Quels mots utiliserions-nous pour parler de l'endroit d'où nous venons? Que voudrions-nous que le reste du monde sache et retienne de l'endroit ou des espaces qui nous ont bâtis et édifiés? Si nous ne respectons pas d'où nous venons, comment voudrions-nous que les autres le fassent à notre place? Et lorsque nous montrons du dédain, de l'embarras ou de la honte pour nos origines, qu'attendons-nous des autres qui nous regardent et nous voient vivre? Le respect que nous manifestons pour nos origines dictera et forcera le respect et la considération de la part des autres.

D'où venez-vous? Une occasion à ne jamais rater. Je convie chacun à faire une pause et se demander en toute vérité et humilité: Qui suis-je? D'où est-ce que je viens? Où sont mes racines? Où est ma source? De quoi suis-je moulu? Répondre à ces simples questions dans le secret de son coeur est un itinéraire spirituel qui libère et donne un sens à notre vie.

Respecter et protéger ses idées

Il faut du respect pour ses idées. L'idée en fait n'est pas qu'une idée. L'homme, c'est son idée. En effet, l'idée précède et crée l'action; l'action quant à elle engendre l'habitude qui -nous le savons- est mère du caractère. Les bonnes actions proviennent des bonnes idées et garantissent un bon caractère qui nous définit. Les idées médiocres quant à elles donnent naissance à des actions nuisibles qui, devenant une habitude, établissent à leur tour un caractère détestable. Il faut donc redonner à nos idées leurs lettres de noblesse, car ce sont elles qui sont à la racine de tout. Il faut non seulement fructifier et purifier nos idées, mais également nous assurer de les protéger et surtout d'en préserver la paternité.

Se respecter, c'est donc ne se permettre que des idées positives et pures, parce que c'est elles qui au final bâtissent notre caractère. Il devient alors impérieux de créer une nouvelle culture de la pensée. Il est temps de commencer à éduquer nos enfants à penser clair, pur et grand. Le monde de demain que nous appelons de tous nos voeux ne peut advenir sans nouvelles idées. Le futur que nous voulons pour nous-mêmes et pour nos pays commence par l'embryon de nos idées les plus intimes. Eduquer c'est donc d'abord et toujours former à penser. On le voit, se respecter consiste à garantir la qualité de nos idées, car ce sont elles qui au final insufflent notre action et nous définissent comme personnes. A quoi pensez-vous?

Mais se respecter, c'est aussi protéger et réclamer la parenté de nos idées. Connaissez-vous les voleurs d'idées? Ce sont ceux qui copient, contrefont et finalement reçoivent la reconnaissance pour vos idées. Dans les réunions par exemples, les voleurs d'idées sont ces collègues ou même ces supérieurs qui prendraient vos idées et iraient les promouvoir partout sans avoir l'humilité d'en confesser l'origine. Ces amis, ces collègues ou ces supérieurs iront obtenir ensuite applaudissements et autres gratifications de la part de notre entreprise ou de notre communauté sans le moindre scrupule. J'ai eu un superviseur qui commençait ses paroles par "Dans ma conversation avec X, Y, Z, j'ai compris que...." Ainsi, tout le monde savait l'origine de la belle idée, de la nouvelle initiative ou de l'innovation dont tout le monde parle dans le bureau. Il n'en existe malheureusement pas des milliers dans ce monde d'aujourd'hui. Il est donc légitime de garantir la paternité de nos idées et d'en obtenir toute la reconnaissance méritée. Oui, se respecter, c'est aussi respecter et faire respecter ses idées.

Respecter sa parole

"Si tu n'as rien de bon à dire, il est préférable de ne rien dire du tout". Tout homme qui grandit en Afrique noire entendra ce proverbe à un moment ou à un autre de son enfance. La sagesse de chez nous conseille de parler moins mais d'écouter plus. "On a une seule bouche, mais deux oreilles", constate un autre dicton. J'ai grandi et ai été moulu sous cette loi, ancrée dans mes veines. Alors que sous d'autres cieux ne pas parler soulève des soupçons et peut parfois être sanctionné comme manque de confiance en soi ou défaillance intellectuelle, se taire dans le village de ma mère est par contre un attribut de sagesse et un signal de réflexion et de méditation. Chez nous, le silence commande le respect, chez eux le verbe et le bruit sont béatifiés.

Se respecter c'est aussi respecter sa parole. L'homme, dit mon père, c'est sa parole. L'homme c'est sa langue, explique et renchérit ma mère. Il s'avère par conséquent impérieux non seulement d'apprendre aux jeunes générations l'art de parler, mais surtout de leur apprendre à tenir à leur parole. Libérer et honorer la parole. Voilà deux impératifs de notre temps. Il s'agit non seulement de bien parler ou d'écrire, mais de rester fidèle à sa parole et à ses écrits. La jeunesse montante en

Afrique en particulier a besoin d'être (re)formée à l'expression orale et écrite, car cette jeunesse a une histoire à raconter, une contribution à apporter et une idée à propager. Au lieu de rabâcher des phrases entendues sur les réseaux sociaux, elle devrait plutôt apprendre à créer, s'approprier et vivre la parole. Elle doit en même temps être (re)formée au respect et à l'honneur dus à la parole donnée. Notre monde actuelle a désespérément besoin de dirigeants d'un autre calibre, qui tiennent à leur parole et la mettent en pratique, pour être à la hauteur des défis de l'heure. L'ère où les candidats mendient les voix pour ensuite, après le vote, traiter les électeurs en mendiants, est révolu. Le mensonge et le truquage politique ne seront plus tolérés. "La valeur d'un homme ne se mesure qu'au respect de ses engagements", avait prévenu Alain Rifflart. L'heure est à la maturité politique de nos peuples.

CHAPITRE 7

REDOUBLE DE RESPECT DEVANT UN INCONNU

Le respect est **prudence**. Le respect est **révérence**. Le respect est **patience**. Prudence pour ce qu'on ignore de la personne qu'on rencontre. L'apparence extérieure en effet s'est très souvent révélée pauvre et insuffisante et donc moins fiable pour dire à première vue ce que la personne est. Le respect est révérence pour le mystère caché en elle. Tout être humain mérite le respect, parce que tout être humain est une histoire sacrée. L'aspect physique, la couleur de peau, la taille, l'âge, les compétences, les possessions, les origines, même pas le crime, rien ne conditionne ni ne détermine le respect dû à l'être humain. Le respect est aussi patience car il accorde gratuitement et généreusement à l'autre le temps d'être et de se révéler.

Monseigneur Munzihiwa, un des grands noms de l'épiscopat congolais, était alors évêque de Kasongo dans la province du Maniema. C'est seulement ensuite qu'il sera nommé Archevêque de Bukavu où il mourut durant la première guerre à l'Est de la République Démocratique du Congo. Lorsqu'il fut assassiné en 1996 à Bukavu, c'est tout un peuple qui a pleuré un Père et un martyr. Je m'en souviens encore bien comme si c'était hier. Défenseur des droits humains, Munzihirwa était d'abord et surtout un homme simple que j'ai eu le privilège de rencontrer au Séminaire de Murhesa au début des années quatre-vingt-dix. Je peux encore sentir la puissance du regard qu'il posa sur moi un matin glacial en 1992. Homme d'une profondeur et d'une simplicité qui sortaient droit des livres de saints. Je me souviens encore de l'anecdote qu'il me raconta à moi et à un de mes amis à propos d'un monastère où, pour s'assurer que ses frères moines restassent plus, sortissent peu et rentrassent à l'heure au prieuré, un Abbé avait juste dit : "Vous pouvez sortir. Mais celui qui sort le denier ce soir, je le nommerai économe de la communauté." Cette phrase à elle seule, dit le prélat, avait réussi à corriger ce que de longues années d'enseignements, de menaces et autres supplications avaient échoué de rectifier. Fin de digression.

En 1990 donc, Monseigneur Munzihiwa avait été invité par des religieuses pour leur dire la messe un soir d'avril. Il était de passage à Bukavu, et la Supérieure d'une communauté religieuse avait saisi l'occasion pour passer sa requête au prélat. L'évêque de Kasongo l'accepta. Il accepta même de rester après la messe pour rompre le pain avec les religieuses. Un honneur pour ces consacrées. "Vendredi à six heures du soir, Monseigneur", lui avait dit la religieuse tout sourire à la sortie d'une messe matinale à la cathédrale.

Cette messe devait en effet débuter à dix-huit heures justes, après les vêpres. Les soeurs attendaient donc l'homme. Elles étaient toutes très heureuses de le recevoir. En effet, c'était la première fois que la communauté recevait l'évêque. La chapelle était bien décorée. De leurs statues, la Vierge et Saint Joseph souriaient discrètement. Toute la semaine, les bonnes soeurs avaient bien répété des chants en swahili, en français et en mashi, la langue locale. Et pour la circonstance, un jeune organiste du coin avait même été réquisitionné pour accompagner avec le piano du couvent. Le calendrier hebdomadaire des lectrices avait été momentanément suspendu, la Supérieure ayant elle même judicieusement choisi deux religieuses pour faire les lectures ce soir-là. À soirée spéciale, choix spécial de lectrices.

L'odeur des bougies avaient envahi la petite chapelle, et la joie était difficile à cacher. De jolies visages ébènes avaient rempli la petite église. De beaux cheveux soigneusement peignés, caressés, puis enveloppés dans de foulards multicolores. Des corps sveltes que couvraient des pagnes aux couleurs uniformes. Une soeur se levait de temps en temps pour ajuster la position des pots de fleurs au bas de l'autel. Une autre s'assurait que les pages dans le missel et les livres de lectures étaient au point. Une autre, assise à la première rangée, tapait le diapason pour trouver le bon ton.

A cinq heures cinquante, la sonnerie se fit entendre. Etait-ce l'invité? Tout le monde regarda tout le monde. D'un geste brusque de son index, la Supérieure ordonna à une jeune novice d'aller ouvrir la porte. La jeune s'exécuta sur-le-champ et quitta la chapelle. Elle marchait tout à la fois excitée et craintive; elle esquissa un sourire et elle ouvrit la porte. Il pleuvinait. Un homme était assis aux pieds des escaliers avec une branche de bananier qu'il tenait au-dessus de sa tête. Portant une vieille chemise noire et un pantalon noir, l'homme se leva, jeta la branche dans le petit parquet, et, sa main gauche tenant la rampe, il commença à escalader les marches. La novice lui demanda de s'arrêter.

-Ma Soeur, bonsoir, je voudr…

-Baba, interrompit-elle, je suis désolée, mais nous n'avons pas de temps pour vous. Pourriez-vous repasser demain matin. Les soeurs sont déjà en prière et s'apprêtent pour la messe qui commence bientôt.

-Oh, désolé ma fille. Est-ce que je peux vous joindre pour prier aussi, demanda le vieil homme.

-Papa, reprit la jeune femme, c'est impossible. Ce sont des prières pour les soeurs. Pas pour tout le monde. Les messes pour tout le monde ont lieu le matin à la paroisse à côté.

Elle remonta deux marches, puis, avant d'ouvrir la porte de la chapelle, elle regarda tout autour pour voir si l'évêque était aux environs. Pas d'évêque, pas de voiture. Pas de chauffeur. Seuls quelques enfants qui jouaient dans la rue.

La jeune femme rentra dans la chapelle. Toutes comme une seule femme, les religieuses se retournèrent avec un regard interrogateur. La jeune novice prit ses deux petits bras, les souleva et hocha sa tête pour signaler que c'était une fausse alerte. Elle s'assit et racontait en détails à sa voisine ce qui venait de se passer. Elle n'avait pas terminé sa deuxième phrase lorsque l'on sonna encore.

Elle sortit de nouveau. Elle tomba nez à nez avec le même vieil homme à la chemise noire qui avait monté les marches et se tenait juste devant la porte de la chapelle cette fois-ci.

-Monsieur, dit la jeune femme un peu chagrinée, je vous ai déjà dit, c'est…

-Excusez-moi, ma fille, est-il possible que je voie votre supérieure juste pour une minute, parce que je…

-Désolée, Baba. Elle claqua la porte et alla s'asseoir de nouveau.

La supérieure appela la jeune novice et lui demanda ce qui se passait. Elle lui expliqua que c'était un vieil homme qui voulait assister à la messe et qu'elle lui avait dit que c'était uniquement réservé aux bonnes soeurs. Pendant qu'elle lui parlait, on entendit une troisième sonnerie. Comme cette novice était en train de parler à la supérieure assise à la première rangée, une autre religieuse assise elle près de la porte d'entrée, se leva et alla l'ouvrir.

“Monseigneur, *Karibu* (bienvenue)!” Toute la chapelle entendit cette voix heureuse de la religieuse et tout le monde se leva en signe de respect. La supérieure se leva et alla accueillir le prélat et l’accompagna toute joyeuse vers la sacristie.

La jeune novice vit que c’était l’homme à qui elle venait d’interdire à deux reprises l’accès à la chapelle. Elle chercha où se terrer. Cet homme, c’était lui que tout le monde attendait. L’homme qu’elle avait rabroué plusieurs fois, c’était lui l’évêque qui célébrait l’eucharistie ce soir-là. L’évêque, le plus haut titre sacerdotal, venait d’être interdit d’accès à une chapelle par une novice. Cette dernière assistait au rite mais n’y participait plus. Elle tremblait de honte, elle frémissait de peur et transpirait d’embarras.

Un simple “A qui ai-je l’honneur?” aurait suffi pour éviter à cette jeune femme le gêne qui était le sien. Il aurait suffi qu’elle n’interrompît pas l’homme en noir et qu’elle prît juste un peu plus de temps pour découvrir qui il était. La règle d’or consiste à accorder le même degré de considération à toute personne que l’on rencontre peu importe leur apparence, car le respect est prudence.

Oui, il faut redoubler de respect pour toute personne humaine, surtout pour les inconnus que nous rencontrons. Sur nos routes, dans les trains, dans les cafés, nous rencontrons et rencontrerons des hommes et des femmes dont nous ignorerons ce qu’ils ont été, ce qu’ils sont, et sûrement ce qu’ils seront demain. Il ne faut jamais juger un livre de par sa couverture, dit la sagesse populaire. Ceci est vrai. Mais lorsqu’il s’agit du respect de l’être humain, ceci va au-delà même de la simple couverture et du simple contenu. C’est une question d’essence, non de substance ni d’apparence. L’homme, quel que soit son caractère, quels que soient ses mérites, l’homme c’est sacré. Et le respect qui lui est dû n’est pas négociable, car le respect est révérence, révérence pour le sacré enfoui en chaque être humain.

"En respectant l'autre, dit ma mère, pointant son index vers moi, le pouce vers le ciel et les autres trois doigts vers elle, on respecte l'autre, on vénère le Créateur et on atteste aussi sa propre dignité comme homme. Manquer de respect à l'autre, c'est vandaliser le sacré en lui, mais c'est d'abord se manquer de respect à soi-même et aussi afficher du mépris au Créateur."

Avec du recul, je comprends mieux maintenant ce que ma mère voulait nous inculquer. Elle qui avait eu neuf grossesses, les avaient toutes gardées, elle qui avait attendu neuf mois pour chacun de ses enfants, les avaient aimés chacun avant de les voir; elle qui avait enfanté neuf fois et avait aimé ses enfants sans savoir qui ils seraient, sans même savoir s'ils l'aimeraient ou la protégeraient plus tard. Elle nous avait tous aimés, désirés et protégés avant et après la naissance de chacun d'entre nous tout simplement parce qu'elle avait du respect pour l'histoire sacrée que chacun de nous était et serait. Ce qu'elle me disait ce soir-là, elle l'avait elle-même vécu. Tout parent, y compris moi-même, le sait. Nous aimons nos enfants d'abord par respect pour le caractère sacré de leur vie.

Avec du recul, je comprends mieux maintenant ce que ma mère voulait me transmettre. Elle qui avait quitté son petit village de Kulewa et avait émigré vers la grande ville de Kalemie dans les années cinquante. Elle qui ne pouvait pas parler le français et le swahili, les langues de la ville. Elle qui n'avait pas le swag et les "manières" de la ville. Elle avait sûrement subi quelques humiliations et les avait endurées. Devenue adulte, elle a croisé des immigrés venant d'autres pays ou d'autres provinces du pays. Elle les avait accueillis avec respect sans savoir qui ils étaient ni qui ils seraient. Elle s'était liée d'amitié avec certaines femmes d'ailleurs et les avait respectées pour l'histoire sacrée qu'elles étaient.

Avec du recul aujourd'hui, je comprends mieux. Moi qui ai quitté ma ville natale, mon pays natal, mon continent natal. Moi qui, à mon très jeune âge, suis allé loin des miens à la découverte du monde, à la recherche du bonheur et de la liberté. Moi qui ai vu, ai entendu et vécu la douleur que les immigrés endurent devant l'irrespect de certains dans leurs terres d'immigration. Moi qui ai aussi vu, entendu et vécu le témoignage de tendresse et de respect de la part de beaucoup dans mes pays d'accueil. Je comprends mieux à présent la valeur du respect lorsqu'on le reçoit d'un inconnu qu'on rencontre. C'est un respect qui valorise, un respect qui guérit, parce qu'à la racine c'est un respect gratuit.

Avec du recul aujourd'hui, je peux peser la valeur de la patience que ma ville hôte de Quiberon en Bretagne m'avait accordée durant mon séjour en France il y a quelques années. Patience réciproque que je devais à mon tour cultiver à l'endroit des habitants de mon nouveau pays. Quand j'y avais atterri une nuit hivernale et tempétueuse il y a une quinzaine d'années, j'avoue que j'avais été complètement perdu. C'était mon tout premier voyage hors d'Afrique, mais également mon premier plus long séjour hors de mon pays natal. Avant ce voyage, j'avais bourlingué et vécu dans une dizaine de pays d'Afrique. J'avais déjà été dépaysé en Afrique australe, en Afrique de l'Est et aussi dans la région des Grands Lacs où j'ai grandi. Mais l'expérience de Quiberon était unique.

J'étais arrivé en France par Paris, après une escale à Bruxelles où je m'étais fait interrogé presque comme un criminel par un agent d'immigration belge. J'arrivai donc un dimanche pluvieux de décembre. Jo, mon ancien professeur de latin au lycée à Kalemie, était venu m'accueillir à l'aéroport de Roissy-Charles de Gaulle sur demande de mon autre ancien professeur et futur hôte et colocataire à Quiberon, Bernard. Il y faisait un froid de canard et j'en avais la chair de poule. De l'aéroport, nous prîmes le train et arrivâmes dans Paris, 14ème arrondissement, Rue Friant. A peine arrivé dans la maison qu'il gérait, et où j'allais passer ma première nuit en transit, Jo me proposa un tour rapide de Paris: tour Eiffel bien sûr, Notre-Dame ensuite, la Seine, etc. Je pris quelques photos au passage, mais la pluie, le froid et tout l'air lugubre de Paris cet après-midi-là m'empêchèrent de vraiment jouir de la magie de la ville-lumières. Jo m'hébergea une nuit, et le lendemain après-midi, je pris le TGV pour la Bretagne.

La Bretagne. Climat complètement nouveau. Cuisine totalement différente. Culture presqu'entièrement inhabituelle. J'étais un étranger et tout m'était étranger. La seule chose que je trouvais commune entre nous était la langue française. Ils semblaient même apprécier mon français d'ailleurs, les Bretons. Beaucoup me le confiaient. Mais il me fallait une dose supplémentaire de patience et de compréhension, non seulement envers mes hôtes, mais aussi envers moi-même.

Bernard était particulièrement content de me recevoir. Je lui avais fait la demande et il m'avait envoyé tous les papiers nécessaires pour l'obtention du visa à l'ambassade de France à Kinshasa quelques semaines plus tôt. Le visa Schengen, une aubaine que les voyageurs attendaient des années pour l'avoir, mais que j'avais miraculeusement obtenu en une dizaine de jours. A peine arrivé dans la Presqu'île, quelques dames de Quiberon s'étaient organisées et m'avaient offert des habits chauds pour l'hiver. Merci encore et toujours à toutes ces bonnes dames pleines de foi et d'amour! Je n'ai que de l'amour à leur rendre.

Trois mois après mon arrivée dans la Presqu'île, je commençais à me faire des amis, à découvrir certains codes sociaux et à apprécier les crêpes et le cidre bretons. Un dimanche après la messe de onze heures, un musicien qui y avait participé me repéra et me recruta pour rejoindre la chorale de la ville. On y chantait des chansons populaires et religieuses en français, en breton, en italien, en latin et… un jour en kiswahili. Tout doucement, cahin-caha, mon petit cercle s'élargissait. J'avais même un ami, proche, un jeune Belge qui vivait à Quiberon, mais qui avait aussi vécu enfant à Kinshasa où ses riches parents avaient dirigé une branche de la compagnie multinationale Unilever. Quelques fois même, j'étais invité aux danses folkloriques celtes.

"Le jeune prêtre Africain", voilà ce qu'on disait lorsqu'on parlait de moi. Ils trouvaient que j'avais apporté de la chaleur tropicale dans les messes et les rencontres communautaires. Mais j'étais toujours cet étranger, ce Noir que certaines familles invitaient à leurs longs déjeuners ou dîners pour m'exhiber à leurs enfants et leur offrir l'opportunité rare d'une proximité avec un homme de couleur. J'adorais ces soirées-là. Je les réclamais presque. J'étais le seul Noir dans la ville, et pour moi, c'était une chance et une occasion uniques à saisir pour leur offrir une autre image -la vraie, de l'Afrique et de l'Africain. Et ça marchait. Oui, le business marchait plutôt très bien. J'en étais satisfait.

Et un beau matin de printemps, une surprise. Une belle surprise alors. Je venais de clore une réunion avec un couple qui se préparait à leur mariage. La jeune fille était juive et le jeune homme était métis de Martinique. Un amour qui violait les "règles", mais que les deux tourtereaux étaient déterminés à porter jusqu'au bout, jusqu'au pied de l'autel. Un amour qu'il me fallait accueillir, guider, protéger, fortifier, un amour qu'il me fallait surtout offrir en prière. Je les mariai quelques mois plus tard d'ailleurs dans l'absence remarquée de leurs parents. Victoire complice. Fin de digression.

Après cette réunion avec les jeunes fiancés, j'étais donc remonté dans ma chambre au premier étage et je lisais le journal France Ouest quand quelqu'un sonna. Notre femme de ménage appela et m'annonça que c'était pour moi. Je descendis vite. J'ouvris la porte. Quelque chose que je n'avais pas vu en quatre mois était là en face de moi. Un homme, Noir, peau d'ébène, la cinquantaine finissant, grand, mince, beau, quelques cheveux gris ça et là. Un Mage. D'où venait-il? Qui était-il? En une seconde, tout mon show s'arrêtait net. Je n'étais plus le seul homme Noir dans la ville. Je devais partager ma popularité avec ce nouvel Africain. Fin de digression.

-Bonjour Mon Père, dit l'homme.

-Bonjour Monsieur, lui répondis-je, un grand sourire aux lèvres. Venez, entrez s'il vous plaît.

Nous abordâmes le petit vestibule, puis entrâmes au salon.

- "Je suis Mamadou, je suis Maire Adjoint de la ville. Bienvenu à Quiberon, mon Père, me dit-il tout en marchant!

-Merci Monsieur le Maire Adjoint. Je suis Laurent. Laurent Lubulu. Asseyez-vous, s'il vous plaît. Puis-je vous offrir à boire? De l'eau? Que puis-je vous offrir?

Monsieur Mamadou s'assit. Il croisa ses jambes, mettant la jambe gauche sur la jambe droite. De jolies chaussettes bleues qui sortaient de mocassins noirs.

- "Belle maison, mon Père, dit-il, les yeux faisant le tour du salon. Je peux sentir l'Afrique ici. Il avait remarqué quelques peintures et autres statuettes que Bernard avait apporté d'Afrique à la fin des années quatre-vingts.

-Merci, Monsieur Mamadou.

-De l'eau ?

-Oui, de l'eau, mon Père. Merci. Et apportez deux autres verres.

Deux verres. Deux verres? Intrigué mais soumis, je partis à l'autre bout de la pièce et pris trois verres à eau et les amenai au salon. J'en mis un sur la petite table à côté de Mamadou, et les deux autres sur la grande table. Je repartis prendre une bouteille d'eau. Après avoir versé de l'eau dans le verre, je le servis à mon visiteur et m'assis de l'autre côté de la table, en face de lui. Il prit une gorgée, toussa un petit coup et sourit.

-"J'ai appris votre arrivée il y a peu de temps. J'étais en vacances lorsque vous êtes arrivés. Mais si ma mémoire est bonne, il me semble avoir vu des papiers pour votre visa avant que je ne parte en vacances, donc avant votre voyage ici". Il toussa un autre petit coup. "Je dois avouer que vous êtes très populaire dans la ville. En si peu de temps, les habitants de Quiberon vous aiment. C'est un bon signe, et je suis fier de vous", dit-il .

Je le regardais tout content, ne sachant quoi lui répondre. Ma modestie était quelque peu mise à l'épreuve. Il continua à parler. Il me confia qu'il était originaire du Mali et qu'il était venu en France très jeune comme footballeur professionnel dans l'équipe de Rennes, et que plus tard il se maria et s'installa à Quiberon, ville natale de son épouse, où ils eurent deux filles si je ne m'abuse. Le reste de l'histoire était là devant moi. Fin de digression.

Deux Verres. Deux verres? Pourquoi ces deux verres? Je les regardai un moment et fixai Mamadou dans les yeux. J'ouvris mes mains et écarquillai mes yeux. Il comprit mon impatience. Il posa sa jambe gauche par terre, se releva et prit la bouteille d'eau posée sur la table.

-"Vous permettez?"

De ma main gauche, je lui donnai mon accord. Il prit donc la bouteille. Il versa de l'eau dans l'un des deux verres, le remplissant jusqu'au bout et laissant cependant l'autre verre complètement vide. Nouvelle intrigue. Il déposa la bouteille sur la table. Puis de son index droit, il pointa les verres et dit:

-“Mon frère, je suis venu pour vous saluer et pour vous souhaiter un heureux séjour ici. Ici, ce n’est pas l’Afrique. Vous voyez ce verre rempli d’eau? Ça, c’est l’Afrique. Lorsqu’un étranger débarque chez nous en Afrique, nous lui offrons un verre rempli. Il revient à l’étranger de le boire, le verser, le laisser. La confiance dans un village africain est un cadeau qu’on offre à tout étranger. C’est à lui d’en faire ce qu’il veut, la garder, l’honorer ou la trahir. Ici en Europe, mon frère, dit-il, ici c’est un peu different.”

Mamadou me tendit l’autre verre vide et me pria de le prendre. Je saisis le verre vide avec mes deux mains. Nous nous regardâmes une seconde et échangeâmes un sourire.

-“Ce verre que vous avez, vous devriez le remplir vous-même. C’est ça l’Europe, mon frère. La confiance ici n’est pas due, elle se mérite. Je vous appelle donc à être patient et à gagner cette confiance. Ceci pourra prendre un long moment. Mais, croyez-moi, dès que vous parvenez à gagner la confiance des Bretons, personne ne pourra l’ébranler. Personne. Ayez de la patience, mon Père, restez vous-même, restez respectueux et gentil, et vous verrez”.

Je le remerciai pour son conseil profond et lui promis la main sur mon coeur de vivre cette patience et de travailler à bâtir la confiance avec mes nouveaux hôtes. Nous parlâmes une bonne demi-heure. Puis, le Maire Adjoint demanda à reprendre la route et prit congé.

Patience. Oui, le respect est patience, il est attente. Le respect sait patienter et attendre. Redoubler de respect pour l’inconnu, c’est aussi d’abord choisir et décider de donner à l’autre le temps de se donner et de se révéler. Le respect est pour ainsi dire une question de temps. Il s’agit comme d’entrer lentement et humblement dans les chaussures de l'autre pour le découvrir. Il s'agit d'entrer humblement dans le temps, le temps du Créateur. Une véritable démarche de pauvreté spirituelle.

Quand je quittais Quiberon, je me souvins de Mamadou. Il avait raison. Ma patience (et aussi celle des Quiberonais) avait payé. La ville entière m'adopta. Je recevais parfois quatre ou cinq invitations par weekend. Des familles me donnaient la charge de leurs enfants que j'accompagnais à Lourdes, Sainte Anne d'Auray et ailleurs. Le jour de mon départ, des gens qui, pendant des mois n'avaient pas ouvert leur bouche pour répondre à ma salutation, pleuraient cette fois-ci et me suppliaient de rester dans la Presqu'île. La Mairie me convoqua et me décerna la clé de la ville. Je recevais la citoyenneté d'honneur. Qui l'eût cru?! Notre patience mutuelle avait payé. Et aujourd'hui, je peux le dire avec ma main sur le coeur que certains de mes meilleurs amis sont dans la Presqu'île de Quiberon. Les liens tissés là-bas sont gravés et scellés pour toujours. Ce sont des liens bâtis sur la base d'un respect mutuel, patient et sans cesse renouvelé. *"La patience est un arbre dont les racines sont amères, mais dont les fruits sont doux"*, enseigne la sagesse persane.

CHAPITRE 8

TRIPLE DE RESPECT POUR CELUI QUI TE RESPECTE

"Si votre ami s'incline devant vous en raison de respect, répondez-y en vous agenouillant", Proverbe africain.

La vraie grandeur

Il y a quelques années, j'étais allé en escapade un week-end de septembre en Caroline du Sud. Conduire de Washington aux Carolines est toujours un délice. Une chose qui m'avait frappé dans ce voyage, au-delà et en plus du charme de la nature dans cette région du Sud-Est des Etats-Unis, c'est le nombre des églises. Un peu comme à Kinshasa, à chaque détour il y en avait une, et parfois trois ou quatre qui se suivaient. Et, en traversant un petit village près de Santee, j'aperçois une pancarte au devant d'une petite église qui dit *"You want to be great? Be grateful"*, ce qui se traduirait en français par "Tu veux être grand? Sois reconnaissant". Je m'arrête un moment, puis je fais marche arrière, gare la voiture et prends une photo du tableau. Je la relis cette fois sur mon téléphone portable. La phrase a beau être courte et simple, elle me touche. Je la reçois comme une gifle douce qui me réveille de ma torpeur. Elle me bouleverse. Il n'y a pas de grandeur sans gratitude. Plus on est reconnaissant, plus on gagne en altitude. Plus on s'incline, plus on est élevé. L'élévation par la gratitude? Voilà une sagesse et une magie que je n'avais pas encore soupçonnées jusqu'alors. Je n'avais encore jamais perçu pareille profondeur. Oui, en gratifiant l'autre de notre humble reconnaissance, c'est nous-mêmes qui sommes transfigurés et ennoblis en retour. Je rends grâce pour ce cœur docile qui est le mien, ce cœur que Dieu a façonné et moulu, ce cœur qui écoute et sait repérer la leçon dans ce détail au détour de ce village perdu.

Oui, admettons-le, cette génération aurait du mal à accepter cette sagesse. Et je ne la condamne pas. Je compatis. En effet, comment admettrait-on une pensée pareille dans un monde où la grandeur et la fausse dignité s'arrachent aisément à coup de titres, d'argent facile ou même de prétention seulement ? Comment attendre de notre jeunesse qu'elle souscrive à la grandeur par la gratitude alors que dans tous les secteurs de la vie moderne on lui prêche et lui monnaye un modèle différent et plus facile, un modèle dans lequel grandeur et renommée sont intentionnellement confondues et où humilité et retenue sont anathèmes? Pourquoi s'acharner et contraindre nos jeunes à passer comme un chameau par le trou de l'aiguille alors que la porte de la célébrité est toute béante et confortablement accessible, alors qu'un simple tweet stupide ou une vidéo obscène pourrait leur conférer une gloire facile et instantanée? Comment espérer de nos jeunes ayants droit qu'ils accèdent à la grandeur par la gratitude quand ils sont habitués très tôt à tout recevoir sur un plat sans aucune sueur attendue de leur part, quand l'ingratitude n'est plus regardée comme un vice?

Dans un tel contexte qui est le nôtre aujourd'hui, il devient alors difficile de présenter le respect comme une forme et une expression de gratitude. Dans un monde où respect et gratitude sont tenus pour risibles et désuets mais où l'arrogance et la suffisance sont érigées en reines, il devient en effet très difficile de présenter le respect comme gratitude et reconnaissance.

Il nous faut donc hardiment et avant toutes choses nous inscrire en faux contre cette philosophie ambiante et l'indexer une fois pour toutes comme aberrante et erronée. Il nous faudra tous comme un seul homme pointer du doigt cette croyance fallacieuse, perverse et trop à la mode qui a malheureusement réussi à créer une société paresseuse, ingrate, gloutonne et jamais satisfaite. Il nous faudra tous ensemble et toujours montrer du doigt cette piètre conception du monde qui a dangereusement fini par ériger une jeunesse insatisfaite, sans cesse chagrinée et assoiffée du gain facile et instantané.

Oui, il nous faut tripler de respect pour ceux qui nous respectent. Même si le respect est un dû comme nous l'avons montré précédemment, il n'est pas naturel et aisé de l'accorder les uns aux autres. D'où qu'il provienne, le respect est une démarche exigeante, et en tant que tel, il devrait toujours être pris pour ce qu'il est -un effort librement consenti par quelqu'un pour nous reconnaître et nous valoriser. Cet effort, bien que consenti dans le but d'accomplir un devoir social, doit être rémunéré et gratifié par une gratitude plus grande. Et c'est dans cette cascade ininterrompue de respect accordée et de gratitude reçue que se cimente une communauté véritablement heureuse et équilibrée. Respect et gratitude sont donc en d'autres termes les anneaux de la chaîne qui protège et garantit une société durable, car plus on se sent reconnu pour le bien rendu, plus on est enclin à re-poser le bon acte. Et, tout comme les hélices d'un hélicoptère, cette spirale de la bonté fera décoller résolument nos communautés vers des lendemains meilleurs. Il y a une puissance dans la gratitude que je nous convie tous à découvrir.

Tripler de respect pour toute personne qui nous respecte. À qui devons-nous ce triple respect en gratitude? La liste des personnes dont le respect nous couvre en permanence et nous interpelle est assez longue. Ils sont légion les noms de ceux et celles qui à un moment ou à un autre nous ont accordé leur respect. Sans conteste, notre Créateur occupe bien sûr le premier rang car c'est Lui qui ne cesse de nous couvrir de son respect paternel alors même que nos agissements pourraient souvent nous en soustraire. C'est la raison pour laquelle respecter Dieu est toujours une révérence et une adoration. Il est honnête et judicieux de mentionner aussi nos parents qui par leur houlette souvent modeste nous manifestent en permanence un respect sans partage. Respecter nos parents c'est exprimer sans ambages notre gratitude toujours insuffisante pour l'estime qu'ils ont pour nous. Le respect filial est et il sera toujours un devoir de gratitude.

Mon père est décédé à l'aube de l'année 2022. Je me trouvais à Washington et ne pouvais pas prendre un vol à cause du Covid. Mes résultats positifs de Covid et l'annonce du décès de mon père m'ont été livrés le même jour. Le 6 janvier restera pour toujours une date triste. Ma famille m'a donné le plus grand honneur de toute ma vie. Ils m'ont tous comme un seul homme chosi pour rédiger (et enregister) l'oraison funèbre. Après avoir hésité un moment, je me suis retiré pendant quelques minutes pour pondre ce texte qui venait tout droit de je-ne-sais-où."

Chers frères et sœurs, chers amis, chers parents.

Nous voici réunis dans ce lieu pour rendre hommage et rendre grâce pour la vie glorieuse de notre cher père, qui est aussi votre père et votre ami, Papa Lubulu. C'était notre privilège de le partager avec vous. Ses bénédictions étaient si nombreuses que nous ne pouvions pas les garder pour nous seuls. Ça aurait été un gaspillage des dons de Dieu. Cet homme n'était pas né seulement pour nous, mais il était un cadeau de Dieu pour toute la communauté. Au nom de la grande famille Lubulu qui est ici et qui est ailleurs, je vous remercie pour votre présence qui nous console vraiment.

Permettez-moi d'abord de vous illustrer sa vie au travers de ces quelques chiffres. Papa a eu la grâce de 92 ans de vie, 47 ans de travail au service de la nation et de ses concitoyens, sans compter bien sûr les services supplémentaires qu'il a accordés même durant ses années de retraite. Papa Lubulu, c'est aussi 20 enfants qu'il a gracieusement élevés, 49 petits-enfants, 27 arrière-petits-enfants qu'il a chéris jusqu'au dernier battement de son cœur.

Papa Lubulu est né en janvier 1930 à Kamuna dans le territoire de Nyunzu. Arrivé à Kalemie, autrefois Albertville, à la fin des années 30 en plein milieu de la colonisation belge, le jeune Bruno Lubulu a vite découvert la foi en Dieu et s'est fait rapidement baptisé en l'église Saint Louis. Élève assidu et brillant, il a commencé ses études primaires, puis secondaires, et enfin il a embrassé les Sciences Médicales. Il a ensuite amorcé sa noble carrière à la Société des Chemins des Fers où il va prodiguer ses services médicaux pendant près de vingt ans. Ensuite, il va rejoindre la Filtisaf. Dans l'hôpital de cette société privée, notre père va travailler pendant près de trente ans et il va achever sa carrière comme Cadre Supérieur. Du laboratoire à la Salle des Soins, de la Maternité à la Salle d'opérations, de l'Intendance à l'administration de l'hôpital, les mains de Papa Lubulu ont changé la face de l'établissement. Pour les rares personnes ici qui ne le connaissent pas, partout où il est passé, Papa Lubulu a brillé par son intégrité, sa sagesse et sa simplicité. L'unique sentiment que sa vie évoque chez tout le monde, c'est le respect. Il a sauvé des milliers de vies et a servi de guide non seulement à ses collègues mais aussi aux jeunes médecins Belges à qui il administrait discrètement ses compétences en médecine tropicale. Et c'est dommage que notre pays ne traite pas ses trésors avec respect.

Chers amis, chers frères et soeurs,

Sur cette terre, il y a un tout petit groupe d'hommes qui naissent rarement. Ils viennent comme un cadeau, comme une étoile de la part de Dieu Lui-même. Ces hommes ne vivent pas pour passer, mais pour rester. Ils ne vivent pas leur vie pour eux-mêmes, mais ils la vivent comme un pain qu'on partage. Ces hommes, quand ils vous parlent, leurs mots vous restent collés au cœur et aux oreilles toute votre vie. Même leur silence est éloquent. Leur regard vous fait trembler de joie. Leurs mains ont un pouvoir inédit; tout ce qu'ils touchent est béni pour toujours. Même quand ils sont pauvres, le peu qu'ils ont se multiplie toujours miraculeusement. Et lorsque ce genre d'hommes quittent cette terre, leurs enfants ne se battent pas pour l'héritage. Non pas parce que l'héritage est inexistant, mais au contraire, parce que longtemps avant leur départ, ces hommes lèguent à leur progéniture tout ce dont ils ont besoin pour tenir debout dans la vie. Ces hommes, même s'ils meurent, ils continuent à vivre. Leur sang coule en nous, leurs paroles continuent à résonner en nous, leur souvenir est indélébile. Si vous avez la chance d'en trouver un, collez-vous à lui. Votre vie sera transformée et illuminée.

Papa Lubulu était l'un de ses rares hommes. Il était un don de Dieu pour nous tous. Il était un homme de Dieu. Sa vie était ancrée dans la foi en Dieu. Et comme dit la Bible, Papa était Roi, Prêtre et Prophète.

-Comme Roi, Papa, tu nous a gouvernés avec amour, respect et compassion. Tu n'as rien gardé pour toi. Tu n'as jamais voulu t'enrichir, mais tu as toujours voulu nous enrichir de ta sagesse. Tu t'en vas les mains vides et tu nous laisses tous avec des mains remplies. Tu pars sans aucune dette, et pourtant c'est nous qui te devons tout, tout ce que nous sommes et tout ce que nous avons. Comme Roi, tu as brillé par ta tendresse et ta bonté pour tous. Quand tu soignais tes patients, ils guérissaient deux fois: Par les médicaments bien sûr, mais d'abord et surtout par l'amour qui accompagnait tous tes gestes médicaux. Comme Roi, Papa, tu nous as élevés comme des princes et des princesses, et

nous te représenterons avec grâce, excellence et dignité partout où nous serons.

-Papa tu étais aussi Prêtre. Comme Prêtre, tu nous a offert le meilleur des cadeaux, la Foi. Tu nous as présenté le Christ comme notre Chemin, notre Vérité et notre Vie. A elle seule, cette foi en Dieu nous a suffi. Elle nous a guidés et continue à nous inspirer et nous servir de bouclier pendant les hauts et les bas de nos vies. Malgré nos imperfections, papa, la famille que tu as bâtie était un refuge et un espace de joie, une école de la vie. Comme Prêtre aussi tu nous as nourris tous les jours. Nous n'avons manqué de rien. Comment as-tu fait, papa, pour nourrir, vêtir, et éduquer la trentaine de personnes qui vivaient dans ta maison?

-Comme Prophète, enfin, Papa tu avais une Vision. Tu voyais loin. Tu voyais juste. Comme la girafe dans la savane, nous te suivions partout et nous restions autour de toi pour imiter tes pas parce que tes yeux voyaient plus loin que nous. Comme Prophète, tu voyais ce que nos yeux ne voyaient pas. Merci papa pour avoir éclairé notre avenir. Aujourd'hui ta vision s'est réalisée. Tu peux le voir de là-haut.

Papa, aujourd'hui nous prenons le flambeau que tu as allumé. Le flambeau de la simplicité, du respect et de la compassion. N'aie pas peur. La porte du Ciel est grande ouverte pour toi. Les anges t'attendent. Parmi eux tu verras et tu retrouveras tes frères, tes enfants et tes petits-enfants qui t'ont précédé dans la Maison du Père. Ils t'accueillent les bras ouverts. Papa,

pardonne-nous, nous te confions une dernière mission: Intercède maintenant pour nous et pour ton pays.
Merci.

Il faut aussi mentionner toutes ces milliers d'autres personnes, connues ou anonymes, proches ou lointaines, époux, frères, amis, collègues, et bien sûr aussi ces inconnus qui au travers de leurs paroles ou de leurs actes nous octroient continuellement leur considération et valorisent notre présence. Tripler notre respect à leur endroit signale en fait notre reconnaissance. Un examen de conscience s'avère opportun et pertinent pour trouver tous ceux et celles que nous devons honorer de notre respect en récompense et en gratitude. Ces personnes s'en sentiraient à coup sûr reconnues, valorisées et ainsi incitées à reproduire leur respect à notre égard. "La gratitude, dira William Arthur Ward, peut transformer votre routine en jours de fête".

À travers les pages qui suivent, je parle d'une expérience unique que j'ai vécue dans un endroit spécial auprès de gens simples qui me sont chers. Cette expérience est une autre pierre angulaire sur laquelle ma vie est bâtie. Elle montre comment par le respect, une routine peut être transformée en jour de fête.

Kalemie

Avant de vous raconter cette expérience, laissez-moi vous décrire quelque chose. Kalemie, ma ville natale, est une carte postale. Ne mourrez pas avant de la visiter. Elle est composée de la "Ville", de la "Cité", de quartiers, de camps, des collines et de villages. Croyez-vous connaître la différence? Etes-vous un peu déroutés? Laissez-moi plutôt vous expliquer.

La Ville, c'est le centre-ville de Kalemie, c'est-à-dire les grands magasins et boutiques, le grand hôtel du Lac, quelques bureaux d'agences, quelques restaurants et bars, mais aussi des marchands ambulants qui vendent à la criée. La "Ville" est située à quelques deux ou trois mètres du niveau du lac Tanganyika. Il y fait souvent chaud, mais l'éternelle brise fraîche du lac est toujours au rendez-vous pour soulager et consoler. La Ville, ce sont ses jolis cocotiers centenaires, mais c'est aussi l'odeur de l'influence arabe et coloniale facilement détectables par l'architecture de la majorité de ses immeubles.

La dizaine de petites collines qui surplombent la Ville abritent quant à elles ce que sa centaine de milliers d'habitants appellent affectueusement la "Cité". Menacée par une érosion impitoyable, cette Cité est une soupe harmonieuse de ruelles sinueuses qui grattent les flancs des collines et dont les maisons -certaines couvertes de paille et d'autres de tôles-sont en perpétuelle compétition avec des manguiers géants et massifs, des palmiers obèses et des orangers et goyaviers corpulents. Cosmopolite et véritable coeur de Kalemie, la Cité c'est également -et sans doute d'abord- ses journées animées et commerçantes autour du principal marché de la ville et ses nuits blanches autour de ses bars et *"ngandas"* (petits bistrots en plein air) de la Place des "Quatre Coins".

Vous avez dit "Quartiers" ? Oui, les quartiers sont ses petites communautés un peu sélectes et un peu huppées de la ville. Construites par ces nouveaux riches ou -pour la plupart- par certaines compagnies pour assurer le logement à leurs cadres, les quartiers sont plus résidentiels et contiennent en général des habitations plus modernes et ont souvent l'avantage d'être situés près de grandes écoles. Les camps quant à eux abritent soit les familles de militaires soit des agents moins gradés de certaines compagnies étatiques ou privées.

La ville de Kalemie n'existerait pas non plus sans ses dizaines de petits villages qui la ceinturent et -admettons-le-la nourrissent de leurs produits agricoles. Verts et assez tranquilles, ces villages sont coquets et charmants, même si la plupart d'entre eux manquent les facilités modernes élémentaires, notamment l'eau potable et l'électricité.

Christ-Roi: la magie de la gratitude

Lorsqu'en février 2005 je suis assis dans la réunion mensuelle avec quelques confrères âgés autour de l'évêque, j'ignore complètement ce qui m'attend et qui va changer le cours de ma vie. Les prêtres européens étaient venus à Kalemie à la fin du dix-neuvième siècle et avaient depuis bâti et desservi plusieurs églises, y compris la paroisse pro-cathédrale du Christ-Roi et ses trente-cinq mille fidèles venant des quatre coins du pays. Englobant toute la Cité, le gros du centre-ville, quelques quartiers et villages, Christ-Roi est le cœur du diocèse de Kalemie-Kirungu au Sud-Est de la République Démocratique du Congo. Ces prêtres européens allaient quitter la paroisse après plus d'un siècle pour la léguer au clergé local. Il fallait une équipe de prêtres africains pour prendre la relève pastorale. Les cœurs battaient. Le compte à rebours avait été déclenché. Des messes étaient célébrées et les chrétiens priaient Dieu pour cette nouvelle équipe. J'avais participé à une de ses prières lors d'une visite dans cette église. Par ailleurs, des rumeurs couraient dans la ville, alimentées par plusieurs personnes, y compris les confrères d'un certain âge qui s'auto-proclamaient déjà et se détruisaient les uns les autres pour assurer leur élection ou nomination à ce prestigieux poste tant convoité. Étant Recteur au Séminaire, m'occupant tant bien que mal de mes jeunes étudiants, j'étais hors de la course. Très jeune et de surcroît sans aucune expérience en pastorale ni en gestion paroissiale, j'étais loin de toute la politique autour de ce changement imminent et je n'apparaissais dans aucun pronostic. Dieu merci.

La réunion commence avec au menu quatre points à l'ordre du jour. L'ambiance est plutôt bon enfant, mais je perçois une petite tension dans la petite salle du deuxième étage de la Procure. Après avoir abordé les trois premiers points, arrive celui ayant trait au départ des Pères Blancs et à leur remplacement. Les gens raclent leurs gorges, des regards et clins d'œil se trafiquent. Chaque personne a ses "candidats" à présenter.

-Laurent, j'ai décidé de te nommer Curé à Christ-Roi. Je sais que tu t'en sortiras.

Je sursaute. Je ramène mes deux jambes vers moi. Non, il y a sûrement une erreur. Il n'a pas cité mon nom. S'agit-il de l'autre Laurent? Je regarde l'évêque, puis de mes yeux abasourdis, je balaie la petite salle des réunions. Tout le monde a les yeux fuyants, tous regardent par terre. Je ne sais donc partager ma surprise et mon émoi avec personne. Pourquoi n'y a-t-il pas eu de débat comme à l'accoutumée? Pourquoi prendre une décision unilatérale pour un poste aussi vital?

Je pose mes papiers et mon crayon par terre, racle ma gorge une seconde et mets ma main gauche sur la poitrine pour appuyer sur ce cœur qui bat la chamade. J'essaie en vain d'avaler une salive; ma bouche est complètement sèche. Je racle encore une fois ma gorge et regarde autour de moi. Seul l'évêque me regarde (me fixe en fait) à présent, un sourire laconique au bout des lèvres et un hochement de tête que je dois présumer complice.

-Mais, Monseigneur, ...

-Je sais, dit-il, je sais. Mais tout ira bien. J'ai reçu un très bon rapport de ta prestation au Séminaire. Dieu t'accompagnera aussi en paroisse.

La réunion est close après ces paroles. Tout le monde se lève. Je reçois des mots brefs de félicitations et d'encouragements qui fusent de partout dans la salle. Je ne sais quoi répondre. Je me lève, titube jusqu'au pied de l'évêque de qui je mendie une bénédiction. La peur, l'anxiété et la colère m'envahissent. Pour moi, c'est clair, je vais essuyer un échec cuisant dans cette nouvelle paroisse. Je soupçonne même cette nomination de n'être qu'un piège. Pourquoi moi? Pourquoi pas les autres collègues plus expérimentés? A cet âge? C'est une panoplie de questions qui me tourmentent. D'autre part, le refus de quitter le séminaire me bloque. Depuis quelques années, je suis en train de vivre une expérience unique avec mes jeunes gens du séminaire et aussi avec les lycéens à qui je donne des cours de français. J'adore ce que je fais et je ne suis pas prêt à partir.

Quelques jours après cette réunion, je fais l'effort de relativiser, de prendre distance, et je commence à mesurer la grandeur des responsabilités qui m'attendent. En plus, je commence à rationaliser: Pourquoi pas moi? Dieu n'écrit-il pas droit avec des lignes courbes? Ne suis-je pas appelé à grandir maintenant? "Oui, Laurent, tu peux faire ça", je me rabâche jour et nuit. Les choses vont aller vite, très vite même.

Dans la foulée, la remise-prise est faite avec mon remplaçant. A mes heures perdues, je relis de vieux documents sur la gestion des paroisses et d'autres sujets connexes. Entre-temps, des dizaines de visiteurs viennent de partout dans la ville pour me donner leurs félicitations, me prodiguer des conseils, ou pour prier avec moi. Certains visiteurs aussi me glissent des noms de personnes à éviter ou à tenir à l'œil. Un classique! Et une semaine plus tard, je dois enfin "prendre possession" de mon nouveau territoire. Mes étudiants m'accompagnent et leur belle chorale décroche même l'autorisation d'exécuter quelques chants durant la messe dans la pro-cathédrale. Une consécration pour ces jeunes musiciens autodidactes aux voix angéliques! Ils sont à la hauteur de la circonstance. Je suis honoré et satisfait.

Mon anxiété est au zénith. La liesse est au rendez-vous, mais les regards des fidèles et des invités que j'analyse dans l'église ne m'aident pas. J'y lis tantôt une déception, tantôt une sorte de pitié à l'endroit de ce jeune curé Noir qui débarque de nulle part, et tantôt un manque total d'expression qui laisse libre cours à mes interprétations les plus désespérées. Je passe tout au peigne fin. Par moments aussi, je peux deviner sur certains visages jeunes une espèce de joie, presque comme une connivence béate et naïve.

Arrive le moment tant attendu du sermon du premier prêtre africain. Je me lève. J'inhale et j'expire profondément. Les vieux microphones m'agacent un peu.

"Frères et sœurs, merci du fond de mon cœur. Votre accueil me touche. Je me sens en famille ici". Des *"bikelekele"* (youyous et acclamations de femmes) m'interrompent. "Je suis passé des milliers de fois devant cette belle église, continué-je, et jamais, jamais je n'avais imaginé que j'allais un jour me tenir ici devant votre auguste communauté". Une autre série d'acclamations et de youyous me stoppent. "Mais j'ai une question pour vous. Une question très importante, parce que notre avenir commun dans cette église dépendra de votre réponse. Si vous êtes prêts à travailler avec moi et à bâtir avec Dieu, veuillez lever votre main".

Tous ceux qui sont présents lèvent leurs mains. Ce geste me comble et me suffit. Je continue mon sermon et, à la fin, je confie à l'assemblée mon intention de rencontrer sans délai tous les chefs des communautés ecclésiales pour leur livrer ma vision et concevoir avec eux le projet paroissial. Un repas est offert après la messe avec des danses et des sketches pour agrémenter le jour. C'est un fumet irrésistible qui envahit la salle des fêtes. A côté du *Ugali* (pâte de maïs), du riz et du Sombe (feuilles de manioc), un poulet entier est servi devant moi, avec sa tête intacte et ses pieds coupés mais enroulés avec des intestins lavés et cuits avec soin. Je peux voir le cœur et le foie du poulet qui flottent dans la soupe rouge aux tomates et oignons du terroir. Préparé ainsi, sans être découpé ou dépiécé, ce mets signale que nous sommes des invités d'honneur. C'est le respect dans son expression culinaire. Quelques *Simba*, quelques *Tembo* -bières katangaises- et quelques *Fresco* (soda katangais) décorent les tables. Un clin d'œil avec mes deux nouveaux collègues atteste que nous avons tous vu que ce repas était et allait être bon. Je reconnais quelques visages autour des tables. Mais c'est surtout le beau visage d'une femme qui me touche le plus. Une religieuse espagnole dans sa soixantaine. Derrière ses grosses lunettes de professeur, je ne vois qu'un fleuve d'amour qui déborde de son lit. Cette femme accompagnera mes pas, me prodiguera son amitié et soutiendra mon ministère. Une amie, une confidente, une mère.

C'est au cours de ce repas d'accueil qu'une autre femme se lève, prend sa fourchette et tapote sur son verre. Je la connais bien. C'est la mère d'un de mes étudiants. En quelques mots, son discours va dissiper pour toujours mes angoisses. Chaque jour de toutes les années passées dans cette paroisse confirmera les paroles de cette femme.

- "Baba", dit-elle avec cette solennité et cette gravité maternelles que seules les femmes de chez nous ont dans leur voix, "je voudrais vous dire une chose: Vous êtes notre enfant. Certains parmi nous dans cette salle vous ont peut-être vu grandir. Mais maintenant, vous êtes notre père. Nous allons vous aimer comme une mère aime son enfant et nous allons vous respecter comme un enfant aime son père".

Une promesse et une prophétie que j'ai vécues et qui m'ont transformé pour toujours. Oui, les pauvres habitants de cette paroisse m'ont aimé et respecté, ils m'ont nourri et habillé, ils m'ont porté dans leurs prières quotidiennes. Ils m'ont manifesté sans arrêt leur patience et leurs encouragements. Ils ont aimé l'enfant que j'étais et ils ont respecté ce père que j'étais appelé mais que je ne me sentais pas prêt à être. Ils m'ont respecté et m'ont permis d'être ce que je suis.

Oui, ils ont doublé de respect pour cet inconnu qu'ils découvraient. Et en retour pour ce respect gratuit de la part de nos frères et sœurs, mes collègues et moi décidâmes de le leur rendre au triple et nous priâmes le Bon Dieu de le leur rendre au centuple. Notre vie devint un miracle au quotidien. En réponse au respect de nos hôtes, notre gratitude transforma toutes nos activités -des plus banales aux plus grandes- en moments de fête. Les simples salutations matinales que nous accordions à nos hôtes devenaient comme des cures que nous administrions. Les sermons livrés en semaine et ceux donnés les dimanches avaient tous la même ampleur et la même chaleur parce que préparés ensemble et avec toujours le même empressement et la même révérence pour nos auditeurs. Se réveiller aux petites heures, escalader dans le noir les collines humides et parfois glissantes pour aller lire une messe, courir à l'hôpital en plein milieu de la nuit pour un sacrement, interrompre ou escamoter les repas pour courir au secours de quelqu'un en prison, prêter l'oreille à une interminable confession, s'asseoir de longues heures pour essayer de rallumer l'amour dans un couple qui s'éteint, tout devint soudain une fête pour nous. Tout repas partagé était une célébration. Tout devenait une occasion d'action de grâces.

Un verre d'eau

Un matin d'avril, alors qu'il fait encore un peu sombre, j'entends quelqu'un frapper à la porte principale du presbytère. Je me lève du lit et je porte rapidement une chemise et un blue jeans. Je mets mes sandales et je me dirige vers la porte. Je traverse le couloir puis le salon et j'arrive finalement à la porte d'entrée. Je peux entendre des voix de femmes agitées et j'essaie en vain de deviner ce qu'elles se disent. Lorsque j'ouvre enfin la porte, c'est une femme et deux jeunes filles qui me saluent les larmes aux yeux. La femme que je suppose être la mère des deux filles a dans ses mains tremblantes deux tissus, une blouse blanche et une jupe bleue toutes deux imbibées de sang. Elles veulent entrer dans la maison, mais je leur demande de m'attendre un moment. Cinq minutes plus tard, je reviens avec un sachet noir dans lequel je demande à la femme de mettre les habits. Il s'agit visiblement de deux uniformes scolaires. Nous entrons tous dans la maison. Je ferme la porte derrière nous et je demande aux trois visiteuses de me suivre dans mon bureau. Je les fais asseoir et leur offre un verre d'eau à chacune d'elles.

-Allez, dites-moi ce qui se passe. Qu'est-ce que je peux faire pour vous? demandé-je.

-Padri, dit la femme toute tremblante, hier soir autour de vingt heures, comme tous les dimanches soir, j'ai lavé ces uniformes pour ma fille que voici. Et ce matin, lorsque je me lève et voudrais les repasser, voilà ce que je trouve. Du sang sur la blouse et la jupe de ma fille. Du sang encore frais, mon Père! Faites quelque chose, mon Père, je vous en prie. Nous avons été visitées par un esprit diabolique.

La femme se met à pleurer à grands flots. Complètement terrifiées, les deux filles aussi sanglotent avec leur mère. Je m'interdis de pleurer. Il me faut vite calmer la situation et apaiser la tension dans la pièce. Je me lève de mon siège et j'avance vers les trois personnes en face de moi. Debout devant elles, je me tais pendant deux ou trois minutes. Un silence règne dans le bureau. Je peux entendre un moustique survoler ma tête. Je l'ignore et décide de poser mes mains sur chacune des têtes en face de moi en faisant une prière. Ensuite, je mets ma main au-dessus du sachet noir, je ferme les yeux quelques secondes et je fais une prière. Je demande à la mère de prendre le sachet et de me suivre. Elle se lève et marche avec moi. Nous allons dans la cour intérieure du presbytère et je m'arrête à côté de la grande poubelle. Je demande à la femme de me donner le sachet. Je prends mon briquet et y mets le feu. Pendant que le sachet et son contenu brûlent, je fais une prière en fermant les yeux.

Nous retournons dans mon bureau par le garage. Les deux filles inspectent nos mains et constatent que le sachet a disparu. Elles demandent à leur mère à l'oreille, mais elle ne leur répond pas.

-L'amour de Dieu est un feu, dis-je à mes trois visiteuses avec une voix joyeuse mais ferme, ne les quittant de mes yeux à aucun moment. Ce feu consume tout mal qui s'approche de nous. Le mal, de quelque nature qu'il soit n'a aucun pouvoir sur nous. Allez chez vous en paix. Si vous voulez, je peux aller avec vous et bénir votre maison.

Les visages se dilatent et les yeux s'assèchent sur-le-champ.

-Baba, dit la femme, venez avec nous pour bénir la maison, s'il vous plaît.

Comme c'est lundi matin, je dois célébrer une messe à six heures dans la grande église qui est à côté de notre maison. Mes autres collègues doivent, eux, aller l'un à la Cité et l'autre dans une communauté religieuse en Ville. Il me faut donc négocier avec celui qui va à la Cité. Je réveille mon collègue et l'informe que je prendrai la messe de la Cité et je le supplie de lire celle de l'église principale. Affaire conclue, je vais dans ma chambre pour prendre une douche rapide et me préparer.

Je demande aux deux filles et à leur mère de me suivre dans ma voiture, une vielle Toyota têtue. Celle-ci en effet refuse de démarrer ce matin. Les deux filles et leur mère m'aident à pousser le véhicule, mais leurs efforts sont vains. Après avoir tout essayé, nous décidons carrément de marcher et d'escalader les collines. Chemin faisant, je pose des questions sur l'histoire de leur famille et je leur raconte aussi quelques anecdotes. L'ambiance est gaie. Nous croisons par moments des gens, seuls ou en petits groupes, qui descendent vers la Ville. Certains sont des pêcheurs qui vont à la plage ou des élèves qui commencent leur marche quotidienne pour aller aux écoles situées de l'autre côté de la rivière Lukuga. D'autres sont des travailleurs de la Société des Chemins des Fers qui vont au port ou à la gare ferroviaire ou bien des femmes qui vont aux champs dans les faubourgs et villages qui surplombent la ville. Certains de ces passants me reconnaissent et me saluent tandis que d'autres passent et nous dévisagent sans mot dire.

Lorsque nous arrivons à la maison perchée sur le flanc d'une des collines, la mère ouvre la porte. Ses deux filles restent dehors toute apeurées. J'entre dans la petite maison en silence. La dame me montre le séchoir sur lequel les uniformes avaient été posées. Comme la lampe est allumée, quelques taches rouges sont encore visibles par terre. Nous faisons ensemble une prière, et ensuite je demande aux jeunes filles d'entrer dans leur maison. J'asperge de l'eau bénite sur tous les objets ainsi que les coins et les murs de la maison.

-Passez une bonne journée, leur dis-je. Et vous deux-là, préparez-vous maintenant pour aller à l'école.

Après avoir serpenté les rues et le sentiers pendant une vingtaine de minutes, j'arrive à la petite chapelle de

Lutshimba. Elle est ouverte et une petite chorale y répète des chants pour la messe. J'entre et salue le groupe. Cinq personnes âgées y sont assises et demandent à se confesser. Je m'exécute. La petite salle commence à se remplir. Ils sont surpris de me voir. Ils attendaient mon autre collègue. Je leur explique que j'ai eu une urgence dans leur communauté tôt ce matin-là et que j'ai décidé de venir prier avec eux.

Après la messe, quelques dames viennent me voir et m'annoncer le décès la nuit d'un membre de leur communauté. Il aurait succombé au paludisme, une maladie facile à traiter, mais qui tue et décime la population du continent africain. Des millions de personnes meurent chaque année dans le silence, sans inquiéter ni alarmer personne dans les hauts lieux du pouvoir.

Je marche avec les deux femmes au lieu du deuil. Deux gros manguiers imposants occupent le centre de la parcelle donnant de leur ombrage aux visiteurs. De l'intérieur de la maison principale, on entend des dizaines de femmes qui pleurent et se battent la poitrine. Dehors, quelques hommes sont assis par terre ou sur de petits tabourets tandis que d'autres se tiennent debout croisant leurs bras et parlant à voix basse. Assis sur une natte tout près de la porte principale, deux jeunes gens sont inconsolables; ce sont les deux orphelins qui pleurent leur père parti trop tôt. Je pose mon sac par terre et je m'assois entre les deux garçons en posant mes bras autour de leurs épaules en silence. Ensuite, j'entre dans la maison où des femmes sont rassemblées autour du défunt. Toutes se taisent un moment. Je repère la veuve à qui je donne une poignée de main. Je reste quelques minutes avec les femmes. Nous faisons une prière ensemble et j'entonne un chant que toutes reprennent tout en sanglotant.

Je quitte la maison, je passe par la cour maintenant remplie de monde et je prends congé de la foule qui grandit. Il est à présent sept heures du matin. La chaleur humide commence à se faire sentir. Il me faut descendre au presbytère. J'ai vingt-cinq minutes pour y arriver. Comme j'aurai une classe de français à enseigner à huit heures de l'autre côté de la rivière, je n'aurai le temps que de poser mon sac, prendre mes livres et m'en aller. Je déteste le retard en classe. Et comme ma voiture est en panne, il me faudra demander la moto d'un confrère ou carrément me faire aider pour le déplacement.

J'arrive au presbytère à sept heures quarante-cinq. La marche à pied est bonne pour la santé, mais les arrêts multiples pour saluer et parler avec les gens sont une autre paire de manche. J'aperçois au loin, assise et courbée devant la porte de mon bureau, sa canne posée sur le mur, une dame très âgée. Une habituée. Vendeuse de feuille de patates douces le long des sentiers de la Cité, elle vient tous les lundis matin avec un billet de cent francs (25 centimes de dollars) et une racine de manioc ou un pain pour moi. Tous les lundis. Même somme d'argent, même cérémonie, même joie, même rituel. Je dois alors en retour la faire entrer dans mon bureau et parler avec elle. C'est son droit, et je ne peux m'y dérober. J'ai tenté à plusieurs reprises de la convaincre de ne pas penser qu'elle doit faire ce long trajet pour moi tous les lundis. Elle m'avait dit que c'était pour Dieu qu'elle le faisait et que je devais plutôt en parler à Dieu.

Ce matin, faute de temps, je viole le protocole. J'accepte le manioc et ses vingt-cinq centimes, je lui donne une accolade, et je fais comprendre à mon amie que je n'ai pas le temps pour notre conversation et que j'aurai hâte de la revoir la semaine suivante. Son visage s'assombrit mais elle part sans se plaindre et elle improvise son beau petit sourire presque complice qui me donne du réconfort. Ma femme de ménage et ma cuisinière me supplient de prendre un café et de manger rapidement. Je décline leur offre et je saute et grimpe derrière une moto-taxi pour me rendre à l'autre rive.

Mes jeunes élèves sont tout excités. Aujourd'hui c'est la correction des dissertations. Vingt-cinq jeunes gens et jeunes filles de bonnes familles, tous beaux comme de petits dieux. Ils avaient eu une semaine pour rédiger et j'ai dû corriger leurs beaux textes durant le week-end. Ce matin, c'est le moment de rendre les notes et de faire des remarques en public. Le subjonctif et l'imparfait, la conjonction et l'adjectif, tout doit être au point. La grammaire ne se négocie pas. Ils le savent. Je vois parmi ces têtes de futurs avocats, de futurs professeurs, de futurs parents. Certains parmi eux gagneront plus tard des prix prestigieux d'éloquence, certains dirigeront des écoles et des communautés. Je suis ici, non seulement pour leur enseigner la maîtrise de la langue de Molière, mais surtout de leur insuffler une vison claire et sereine de leur avenir et de celui de leur pays. C'est cela l'éducation. Il ne s'agit pas de remplir, mais d'allumer. Il ne s'agit pas de donner, mais de faire naître. Il ne s'agit pas de guider, mais de provoquer.

Après deux heures de cours et quelques minutes de moto, je retourne au presbytère. Il est dix heures vingt. Je descends de la petite moto rouge, je paie le taxi-man et je me dirige vers mon bureau. L'ambiance est agréable tout autour de moi. Le bruit des élèves des deux écoles de part et d'autre de notre enceinte, les va-et-vient des malades à l'hôpital de l'autre côté de l'avenue Lumumba, les clients entrant et sortant des boutiques environnantes, les marchants ambulants vendant à la criée, les dizaines de vélos et autres moto-taxis, les dizaines de groupes descendant de la Cité et se dirigeant vers le centre-ville, tout signale et annonce une journée heureuse et chargée d'émotions.

Debout, assises sur un banc, perchées contre le mur ou faisant les cent pas autour de la maison paroissiale, onze personnes m'attendent. C'est l'heure des audiences. C'est l'un de mes moments préférés que je n'aime pas rater. Pour moi, le ministère, c'est d'abord une question d'écoute et de compassion. L'écoute précède toute parole du ministre. La parole du dimanche se prépare à travers l'écoute de lundi.

Je passe par la cuisine où je bois un verre d'eau tiède vite fait. Ma cuisinière et ma femme de ménage m'accrochent de nouveau et tentent de me faire asseoir pour manger quelque chose, mais je parviens à m'échapper à travers leurs doigts et je rentre dans mon bureau. L'une après l'autre, je reçois les personnes et parle à chacune d'elles. Pendant que je parle à mon dernier visiteur, et que je pense que bientôt je peux enfin aller rejoindre mes confrères pour le déjeuner, mon portable sonne. Je fais semblant de l'ignorer, mais il sonne de nouveau. La personne en face de moi me prie de le prendre. C'est l'hôpital général qui appelle. Je vais dans le couloir pour décrocher. Un de nos chrétiens est en agonie.

Mes deux confrères sont déjà assis au salon et ils m'attendent. Je ramasse mon sac et prie mon visiteur de revenir le lendemain s'il a besoin d'aide supplémentaire. Il comprend. L'un de mes collègues offre de m'accompagner avec sa moto. Nous arrivons vite à l'hôpital, garons la moto et marchons vers les salles des hospitalisés. Une gangrène avait fini de ronger les deux jambes du jeune malade. Une puanteur insupportable se dégage de la salle. C'est la salle des blessés. Un mouroir. Lorsque nous y entrons, deux infirmiers et la mère du mourant sont autour du lit, démunis et désespérés. Nous prions une minute et lisons un passage biblique que j'explique rapidement. Les autres malades viennent autour de nous. J'appelle le malade par son nom. Il ouvre ses yeux et me reconnaît. Il est méconnaissable. Il esquisse un bref sourire. Chef d'un groupe de jeunes de la paroisse, Pierre est un jeune jovial et toujours près à servir. Je le connais. Je lui demande d'ouvrir la bouche et j'y pose l'eucharistie. Je l'aide à fermer la bouche. Ses yeux sont grand ouverts qui nous regardent. J'échoue de cacher ma larme. Pierre s'éteint devant nous en silence. Je ferme les yeux du mort, puis je fais une brève prière et je demande à mon collègue de me suivre dehors. Derrière nous, les pleurs commencent. Il est temps pour nous de partir.

Nous grimpons sur la Yamaha et nous nous engageons sur l'avenue Lumumba. La brise du lac nous caresse les visages. Quelques enfants assis sous les manguiers du Quartier Kindu nous saluent en passant. Nous arrivons presque à hauteur de l'école Bakhita. J'aperçois au loin un cortège qui vient de la cité. Un politicien local est acclamé par une foule nombreuse qui l'accompagne vers le stade où un meeting aura lieu. Nous quittons la route et laissons la foule passer. Nous continuons ensuite derrière la cure et arrivons au presbytère. Il est quatorze heures trente. Je demande à mon collègue de m'accompagner à la grande église pour prier. Nous nous agenouillons et prions pendant une demi-heure, puis nous retournons à la cure où déjà une petite foule nous attend. Ma philosophie est celle de la porte ouverte. Prendre rendez-vous est toujours la meilleure option, j'acquiesce. Cependant, les imprévues sont monnaie courante et elles sont toujours les bienvenues. L'Esprit n'a pas de temps précis pour souffler.

Mes collègues et moi accueillons nos visiteurs l'un après l'autre. Nos visiteurs cette après-midi sont un groupe assez jeune. Ils sont là plus pour passer le temps et poser des questions. L'humour est au rendez-vous. Après ces audiences, nous devons aller "sur le terrain". Comme c'est lundi après-midi, les communautés ecclésiales se réunissent chacune dans sa petite chapelle de quartier. Les chrétiens en avaient bâti une dans chaque communauté, avec leur propres moyens, sans aucune aide extérieure. Une fierté pour nous. Appelées "*mtaa*" (quartier en Kiswahili), ces communautés de base sont en fait la fondation et le coeur de l'Eglise locale. Chaque semaine je me rendais dans une de ces *mitaa* pour rencontrer et écouter les paroissiens. Nous y relisions les lectures de la veille et échangions les idées sur les joies et les problèmes de la communauté. Ma prédication du dimanche suivant commençait ici. Rater une séance hebdomadaire était donc pour moi presque un péché, presque comme une trahison.

À quinze heures trente, je commence la marche, accompagné d'une religieuse. Nous allons visiter une communauté qui vient fraîchement d'achever la construction de la salle du *mtaa.* Ce bâtiment servira de lieu de prière et de salle de réunions et autres célébrations de la communauté. Lorsque nous arrivons sur le lieu pour inaugurer et bénir la nouvelle construction, c'est un groupe chaleureux qui nous accueille. La responsable du *mtaa* est visiblement fière du travail abattu. À l'issue de la rencontre, nous partageons un verre d'eau et quelques cacahuètes que quelques jeunes font circuler dans de petites corbeilles en liane. Puis, Maman Maria, la responsable, nous demande de la suivre. Elle voudrait nous faire voir deux jumeaux nouveau-nés dans une petite maison au bas de la colline.

Deux petits corps d'ange nous attendent dans une maison en paille, propre et décorée pour la circonstance. La mère, encore fatiguée, est endormie dans son fauteuil. Je prends les deux bébés qui se ressemblent à s'y méprendre. "L'un deux s'appelle Laurent", dit une voix d'homme. Le mari, tout suant et tout enthousiaste, est assis derrière moi et ne peut cacher sa satisfaction. Je mets délicatement mes deux mains tremblantes sur les deux petites têtes chauves. L'un des bébés se réveille. Je le passe à la religieuse qui ne peut plus attendre. Après avoir raconté une anecdote sur Saint Laurent, je remercie le père et la mère pour le nom qu'il ont donné à leur fils et pour l'honneur que j'en ressens. Nous prenons congé de la petite famille. Il commence à faire tard.

La journée s'achève autour d'un verre d'eau que je partage avec mes collègues. Ma femme de ménage et ma cuisinière sont à la porte d'entrée du presbytère. Elles ne sont pas du tout contentes. Il est dix-huit heures. Je leur promets de bien manger ce soir et de mieux faire à l'avenir. Ensuite, mes collègues et moi, nous nous retirons tous trois au salon pour prier.

Des journées à jeun comme celle-ci furent nombreuses et fréquentes. Elles furent courtes. Elles furent édifiantes. Elles me manquent énormément. Il faudra plusieurs livres pour les relater. Je sais qu'un petit effort de mémoire vous révélerait et rappellerait certains de ces moments dans votre vie où votre gratitude vous a fait oublier la douleur, la fatigue et a transformé votre routine en un jour de fête.

Ma vie depuis ce passage à Christ-Roi n'est plus la même. Je pensais que c'est moi qui donnais. Mais en réalité, c'est moi qui recevais tout de cette communauté. Je resterai pour toujours redevable à cette humble communauté pour le grain de blé semé en moi. Le résultat pastoral et toute l'expérience que nous eûmes là-bas sortent de l'ordinaire.

Avec un peu de recul, il m'est clair aujourd'hui que les paroles simples de cette femme au cours de ce repas d'accueil et tout le respect dont nous étions l'objet avaient allumé un feu que nous étions comme naturellement contraints de garder et de rendre. Recevoir le respect et le tripler en retour crée un miracle. Je l'ai vu et j'en témoigne.

CHAPITRE 9

QUADRUPLE DE RESPECT POUR CELUI QUI NE TE RESPECTE PAS

C'est ici où le bât blesse. Si se respecter soi-même est tout naturel, si redoubler de respect pour l'inconnu et en tripler pour celui qui nous respecte peuvent même sembler moralement recommandables, quadrupler de respect pour celui qui ne nous respecte pas s'avère en revanche être une coupe difficile à absorber. Montrer du respect pour le fautif est déjà un fardeau. Lui en donner quatre fois plus pourrait même être pris pour un aveu de faiblesse voire un déficit d'amour-propre. Et si je le prescris et le recommande, ce n'est pas parce qu'il serait aisé à accorder. Loin de là. Le donner est une douleur. Une douleur d'enfantement.

Cependant, croyez-moi, quadrupler de respect pour l'irrespectueux nous dilate le coeur, nous élève à d'autres ondes, et nous gratifie d'une liberté intérieure inédite. Et du même coup, ce respect qui est à la fois don, compassion et compréhension, guérit l'autre et le libère. Ceux qui ont eu le courage et l'humilité de l'offrir en connaissent la joie, et ceux qui ont eu la grâce de le recevoir en savent le bon goût et la valeur. Respecter l'irrespectueux c'est arrêter le mal à sa source et ainsi en freiner tôt la spirale. Le respect est compassion et guérison. Il libère la paix intérieure et garantit l'harmonie sociale. Il s'agit d'un remède à prescrire et d'un choix à opérer pour bâtir des relations et des communautés heureuses, paisibles et où l'acceptation des uns n'est pas conditionnée par la sainteté des autres.

Asmara

Nous arrivâmes à Asmara à la fin d'un mois d'août sec et glacial. Un avion affrété par les Nations Unies nous avait pris de Addis-Abeba ce matin-là vers dix heures et il atterrissait à Asmara une heure plus tard. Quelques mois auparavant, nous avions passé des heures et des heures par jour à faire des recherches sur ce pays mystérieux. Pendant de longues semaines, ma femme et mes enfants avaient collé leurs yeux aux écrans de leurs tablettes, téléphones et ordinateurs pour fouiller des détails et des légendes sur le pays. Ainsi, chaque soir, pendant trois mois, assis dans mon fauteuil arabesque, j'avais eu droit à des exposés édifiants sur l'histoire, la culture et les habitants de la terre qui allait nous accueillir sous peu. Chaque soir était plus émouvant que le précédent.

Noms et expressions commençaient à coller dans ma tête à force de les entendre chaque soir: Érythrée, Massawa, Tigrinya, la petite Italie de l'Afrique, la Corée du Nord de l'Afrique, etc. J'avais même quelques fois entendu parler des cafés érythréens avec le meilleur Macchiato du monde; j'avais aussi entendu parler de l'altitude à laquelle il fallait s'habituer, de leur guerre interminable avec l'Ethiopie voisine, mais aussi de leur architecture à la romaine. J'avais même un jour appris que la ville entière de Asmara avait été classée patrimoine mondiale par l'Unesco. Mes enfants me faisaient voir des vidéos et des photographies de tout genre que mes yeux avaient hâte de vérifier d'eux-mêmes.

Lors de mon séjour à Djibouti quelques années auparavant, j'avais par ailleurs plusieurs fois parlé avec des collègues qui avaient visité ce pays et qui ne cachaient pas leur fascination et leur admiration pour tout ce qu'ils y avaient vu: la nourriture bio, les vieilles voitures, les maisons, les paysages à couper le souffle, et bien d'autres choses. Et je commençais à désirer et rêver de visiter un jour ce pays magique aux milles collines.

Nous quittâmes donc Bahrain en fin d'après-midi, fîmes une escale de trois heures au Caire, et nous arrivâmes en Ethiopie aux petites heures. Au revoir les canicules du Golfe, et bonjour la fraicheur sereine tant rêvée. L'attente à l'aéroport de Addis-Abeba fut longue, mais très éducative. Je pouvais ainsi voir de mes propres yeux ce que signifie le concept de l'esclavage moderne. Je fus intrigué de voir d'interminables files indiennes de jeunes filles qu'accompagnaient ou mieux quadrillaient deux ou trois hommes transportant des montagnes de passeports éthiopiens sur leurs bras. Scènes quotidiennes dans ces aéroports de l'Afrique de l'Est. Âgées de pas plus de quinze ans, ces filles allaient être envoyées en pâture en Arabie Saoudite, au Qatar, aux Emirats et dans les autres pays de la région du Golfe pour être vendues comme esclaves à des maîtres racistes et impitoyables. A peine arrivées là-bas, leurs passeports seront confisqués et elles y subiront d'autres traitements inhumains. Tout le monde le sait. Tout le monde se tait. Fin de digression.

Comme nous entrions en voiture dans la pittoresque ville de Asmara à 2325 mètres d'altitude, ce sont d'abord de géants et beaux eucalyptus qui nous saluaient au passage, une petite brise les faisant s'incliner en cadence en signe d'accueil. Derrière ces vieux arbres sveltes se cachaient de belles maisons aux couleurs d'un autre âge que nous devinions à travers des branches verdoyantes et des parquets fleuris. Mes yeux étaient quasiment éblouis par la forte luminosité due à l'élévation de la ville. Et après trois ans de séjour dans les plaines en-dessous du niveau de la mer, mes poumons m'annonçaient déjà leur inconfort à Asmara. Sortant mes doigts à travers les fenêtres, je pouvais caresser les nuages tout autour du véhicule. C'était le ciel à portée de mains. Vous voulez toucher le ciel? Une escapade ici ne vous décevra pas.

D'une propreté inhabituelle, les trottoirs étaient piétinés presque discrètement par des passants aux visages d'anges et aux corps longilignes. Les hommes, souvent âgés, portaient de vieux vestons et marchaient à pas lents et assurés, papotant les yeux fixés sur le trottoir et lançant par moments des regards furtifs sur les rares véhicules qui passaient. Certains autres hommes âgés, vestes en cuir fin et bérets sur les têtes, pédalaient sans effort de vieux vélos bruyants et gambadaient silencieusement le long de l'avenue principale, tout près du trottoir. Marchant souvent en petits groupes, les femmes quant à elles, presque toutes, couvraient leurs corps fins de tissus éclatants sur lesquels on pouvait apercevoir quelques petites croix orthodoxes soigneusement dessinées en lignes ou en zigzags réguliers. Elles couvraient leurs cheveux lisses et abondants avec des foulards immaculés, un peu plus légers et transparents, qui ne laissaient voir que de charmants visages et un tout petit peu de cheveux tressés en petites ondes au-dessus du front.

Nous entrâmes dans Tiravolo et arrivâmes à notre nouvelle résidence après seulement quelques minutes. Une belle villa à deux niveaux située à un cul-de-sac, près de l'ancienne base militaire américaine. Nous déposâmes nos valises et entamâmes notre réclusion obligatoire due à la pandémie en cours. Quatorze jours en quarantaine, confinés entre les murs de notre nouvel ancrage. Quatorze jours d'impatience au cours desquels nous découvrions la beauté des oiseaux et des fleurs, mais aussi un peu de la souffrance des habitants, obligés de venir acheter de l'eau auprès d'un vieil homme assis de l'autre côté de la rue et de transporter des seaux et des bidons d'eau sur leurs têtes. Quatorze longs jours et nuits froides durant lesquels nous pouvions de notre balcon voir et interpréter les multiples facettes de la vie en Érythrée.

A l'issue de ces deux semaines d'enfermement forcé, une petite punition bonus nous attendait. Cette après-midi-là, un infirmier taciturne, tout de vert vêtu, masque au visage et mains couvertes avec des gants de chirurgie, arriva accompagné d'un médecin du même acabit. Il nous saluèrent poliment, et, sans tarder, le médecin récita par coeur un discours préparé d'avance et mille fois répété. C'était une jolie mise en scène que les enfants avaient aisément débusquée. Nos deux visiteurs étaient là pour une procédure médicale qui consisterait à introduire de longues et fines tiges pointues au plus profond de nos narines. Ils utiliseraient ensuite l'autre bout des tiges pour le faire promener sur nos palais. Un supplice infligé sous des rires et de faux encouragements du médecin. Nos douleurs et nos pleurs agrémentaient apparemment ces deux inconnus.

Deux jours plus tard, après avoir obtenu avec joie nos résultats négatifs pour ces désagréables tests Covid, nous reçûmes enfin l'autorisation de sortir de la maison. Une libération. Première destination? Le centre-ville de Asmara. Mon organisation nous octroie un véhicule et nous assigne un guide à l'anglais plutôt bon. Une visite motorisée et gratuite de la ville qui commence vers neuf heures du matin. J'ai fait des recherches sur certains sites de la ville, et mes questions sont toutes prêtes. Nous sommes à peine assis dans la Toyota et les questions fusent de partout. Notre jeune guide, trente-cinq ans, se débrouille comme il peut pour répondre aux questions et satisfaire la curiosité de deux parents et de leurs trois enfants surexcités. Touristes chevronnés que nous sommes, nous faisons semblant de nous émouvoir à chacune de ses explications et autres exposés historiques qu'il nous offre sur son pays, sachant au fond de nous qu'un réel travail de vérification nous attend dans les semaines et mois à venir.

Nous embrassons Rue Warsay, puis faisons un détour par l'incontournable Fiat Tagliero. Ensuite, c'est la galerie d'art sur l'avenue Sematat où nous nous émouvons devant quelques oeuvres d'artistes locaux aux prix exorbitants. Puis, c'est le tour du somptueux et mythique Cinema Roma à droite et le majestueux Palais présidentiel à gauche, Palais inhabité, apprenons-nous de notre guide, le Président préférant rester dans sa résidence privée en pleine cité -une habitude plutôt nouvelle sur le continent. Nous découvrons des bâtiments et monuments presque intacts, tous construits dans les années 1930 et qui transpirent encore tous du charme de Rome et du rêve à la musolinienne. Ayant discrètement remarqué nos mains tremblantes et qui tripatouillent nos téléphones portables, notre guide nous prévient poliment que les photos sont prohibées pour la majorité de ces immeubles, surtout ceux du gouvernement.

Nous débouchons alors sur le coeur de Asmara, l'avenue Harnet. Des groupes de femmes âgées en blousons bleus ou marron balaient les rues et avenues. De hauts et vieux palmiers cachent un soleil aux rayons caressants et aveuglants. Un véritable câlin dont la nature nous cajole. J'ai l'impression d'entrer et bientôt de vivre dans un géant musée d'art à ciel ouvert.

Nous tournons à droite et prenons ensuite l'avenue Marsatekly et remontons doucement la rue sous des explications passionnées de notre guide. Je suis à Rome. Les maisons aux couleurs marron et jaune pale, les cafés d'où sortent des odeurs parfumées de Macchiato et Nespresso servis sur des terrasses bondées de jeunes gens et de jeunes filles aux visages d'anges. Lorsque nous bifurquons pour faire la descente de l'avenue BDHO, c'est le summum de nos émotions. C'est l'extase. Nous en perdons le souffle pour un moment. Pour Tammy, c'est clair; elle vient de dénicher sa maison pour la retraite. Assis sur nos sièges, les index tapotant fiévreusement sur les fenêtres, nous essayons tant bien que mal de dominer et de camoufler nos frissons. Mais lorsque nous prenons l'avenue Beirut et atteignons enfin le sommet de la colline surplombant la ville, une larme rebelle et insoumise s'échappe de mes yeux. Je demande au chauffeur de s'arrêter pour quelques instants. Nous descendons tous et jouissons quelques minutes de la belle vue panoramique de Asmara. Je bégaie. Les mots me manquèrent ce jour-là et ils me manquent encore aujourd'hui. La beauté de Asmara ne peut être rendue par des paroles d'hommes. Il faut emprunter aux anges leur verbe pour la décrire. Belle? Oui mais pas que. Charmante? Pas suffisant. Élégante? Absolument, mais le mot est pauvre.

Lorsque nous arrivons à la maison, la joie et l'émerveillement sont encore visibles sur les visages et bien entendu dans la bouche de chacun de nous.

-Nous n'avons vu qu'une partie de la ville aujourd'hui, nous lance le guide, clairement fier d'avoir réussi à manipuler nos émotions.

Nous le remercions et prenons rendez-vous pour une prochaine équipée prévue pour cinq jours plus tard. En attendant cette prochaine visite, je prends contact avec deux enseignants du coin: un professeur d'histoire et un professeur de *tigrinya*, la langue locale. J'ai hâte d'explorer le pays, d'en apprendre la langue et d'en découvrir l'histoire. Les cinq jours d'attente durent comme mille.

Ce jour tant attendu arrive enfin. Nous allons visiter un musée privé tenu par un Érythréen et qui se trouve à quelques cinq minutes de notre quartier. Un concept original. Deux autres collègues américains se joignent à nous pour la visite. Mais une surprise malheureuse nous y attend. Elle tombera sur nous comme une tornade.

A peine descendus du mini-bus blanc qui nous y amène, un groupe de trois personnes nous attendent et nous offrent un accueil chaleureux à l'érythréenne. De l'eau pour nous laver les mains nous est servie. Une conversation s'installe tout de suite. Les sourires sont sur toutes les lèvres. Une ambiance bon enfant. La seule jeune femme du groupe qui nous accueille offre des sodas à mes enfants qui en raffolent, et elle s'occupe d'eux tout le temps, sautillant et chantant avec eux, comme une nounou. L'enceinte est en fait une petite entreprise spécialisée dans la fabrication de carreaux. Le musée en question est une pièce connexe de vingt mètres sur quinze contenant des objets de collection et plein d'autres articles de valeurs. Vieilles photos, vieux véhicules, de nombreux objets vieux de plusieurs décennies. Nous sommes chez Ali Baba en personne, un Ali Baba antiquaire fier d'exhiber ses trésors. Les enfants sont émus.

Le parfum du café gracieusement servi a envahi la petite salle. Notre guide, Sadeek, parle à mes deux autres collègues. Je peux écouter toute leur conversation qui porte sur l'Érythrée des années 1940-1950 et sur la période italienne et celle des Anglais. Je peux sentir la vénération presque religieuse que notre Sadeek porte pour l'Italie et la répugnance qu'il ne cache pas pour les Anglais. Tammy et moi sommes debout presque derrière eux, moi scrutant les photos sous les explications de notre hôte, et elle parlant avec la jeune nounou tout en dégustant son café. Tout à coup, du groupe de mes trois collègues, une phrase perce l'air, elle traverse la pièce. Un bref silence s'installe. Puis le trio poursuit la conversation.

Je tourne vers Tammy. Nos regards se rencontrent. Une complicité vieille de quinze ans qui nous connaît. Nous échangeons calmement une grimace en serrant les dents. Tammy fait discrètement un pas vers moi.

-As-tu entendu ce que j'ai entendu?

-Oui j'ai entendu, me dit-elle le dos tourné aux trois interlocuteurs. Oui, j'ai entendu. Je voulais vérifier. Je n'en ai pas cru mes oreilles.

L'un des deux collègues américains avait posé une question au guide au sujet de ce que les enfants Érythréens entendaient par *"China"* en criant ce mot à tout Blanc qui passe dans la rue. Sadeek avait répondu: "Nous sommes racistes seulement à l'endroit des *Noirs*, surtout ceux qui viennent de l'Afrique Sub-Saharienne. Dans notre langue d'ailleurs, le mot Noir signifie même *esclave*. Vous, par contre, ne vous en faites pas. *'China'* est un terme affectueux que les enfants d'ici ont pour les Blancs".

Les choses vont très vite. Je repère mes enfants, je les prends tous et les conduis un à un dans la petite antichambre à côté. Je viens d'être insulté. Je sens mon corps trembler. De colère. De confusion. De déception. Je n'avais pas vu venir cette attaque. Cet homme est un homme de couleur, un Africain, un frère. Comment peut-il parler comme ça de ses propres congénères que nous sommes? Où a-t-il oublié le respect pour lui-même et pour nous? Est-ce la pâleur de sa peau qui le trompe? Je suis effondré. Je suis dans l'antichambre avec ma famille, mais mon esprit a déjà quitté l'endroit. Je sens du dégoût pour le pays et tous ses habitants. Quand enfin le bus nous ramène chacun dans sa résidence, c'est un silence de morts qui règne dans la petite Toyota pendant tout le parcours.

Pendant deux semaines, je reste sans sommeil, sans appétit et sans intérêt pour quoi que ce soit. Toute la hâte et tout l'enthousiasme que j'avais pour le pays ont fondu comme glace au soleil. Ce manque de respect qui nous a été infligé est dévastateur. J'ai une phrase qui me revient sans cesse à l'esprit. Un de mes anciens professeurs me l'avait enseignée. “If you don't respect me, don't expect me” (Si tu ne me respectes pas, ne m'attend pas). Je la répète jour et nuit. A un moment, je suggère même à Tammy que nous quittions le pays et trouvions un autre pays plus accueillant pour les Noirs à la peau sombre que nous sommes. Je ne veux pas que mes enfants aient à vivre et à subir cette violence dans ce pays perdu. Je ne veux pas qu'on leur fasse croire qu'ils sont inférieurs aux Érythréens. Ils seraient trop jeunes pour comprendre ce qui leur arrive.

Et quinze jour après cette bavure verbale, quelque chose survient. L'affaire avait remonté jusqu'aux oreilles de certaines autorités de mon organisation. Notre départ de Asmara pour cette raison-là allait créer un tollé. Le fautif avait été sommé de s'excuser. Ce matin-là, je reçois un coup de téléphone.

-Allô, Laurent? C'est Sadeek.

Le nom à lui seul est une machette qui me va droit au coeur. Je respire un bon coup et je fais une brève prière. Je me souviens de ma mère. Quadruple de respect pour ceux qui ne te respectent pas…

-Je ne sais pas si tu as un peu de temps pour moi, Laurent. Je voudrais te parler.

-Vas-y, je t'écoute, lui répondis-je.

-J'appelais pour présenter mes excuses. Je ne devrais pas dire ce que j'ai dit l'autre jour. Surtout en présence des enfants. Je vous ai trahis. Je ne sais pas ce qui m'a pris. Je viens te demander pardon.

-Je t'avais déjà pardonné, Sadeek. Si tu veux que je te le dises, pour moi pardonner c'est permettre à l'amour de Dieu de venir vers toi. Qui suis-je donc pour faire écran entre Dieu et toi?

-Merci Laurent.

-De rien. Je suis simplement déçu, Sadeek. Je dois être franc avec toi, lui dis-je. Je continue à te respecter. Essayons de reprendre tout à zéro. Mais sache que je ne suis pas inférieur à toi. Je pense que tu le sais. Nous sommes tous des êtres humains, créés égaux devant notre Créateur.

L'entretien s'achève. Ce qui va se produire dans les mois qui suivirent montrera justement ce que le respect peut engendrer -surtout lorsqu'il est accordé aux fautifs ou à ceux et celles qui à première vue ne le mériteraient sans doute pas.

Quelqu'un d'embêtant est d'abord quelqu'un d'embêté

Voilà une sagesse populaire que j'ai apprise de mes cousins Bretons il y a près de quinze ans. L'idée est de toujours regarder d'abord ce qui va ou ne va pas dans la vie de l'autre avant de le cataloguer et de le condamner pour ses agissements. En effet, avant de juger, il faut d'abord faire l'effort de comprendre l'autre; et lorsqu'on a compris, il devient difficile de juger.

Après cet incident contrariant dans ce musée privé de Asmara, j'ai entrepris sans tarder une recherche approfondie sur les raisons possibles qui pousseraient un Africain à mépriser un autre Africain avec une aussi étonnante décontraction. Les paroles étaient déjà elles-mêmes répugnantes. Par le passé en effet, j'avais moi-même été témoin et parfois victime de traitements similaires dans certains autres pays d'Afrique où il n'est pas rare que par exemple dans un supermarché des Noirs doivent attendre que des expatriés soient servis en premier même si ceux-ci étaient derrière eux dans la queue. Les cas sont légion. Mais la désinvolture et l'insouciance avec lesquelles Sakeek avait parlé de nous autres étaient pour moi le côté le plus pathétique de l'incident. En effet, être raciste est en soi inacceptable, mais le clamer de cette manière-là, avec une telle indifférence, à haute voix, à deux pas de nous, tout ceci signalait quelque chose de plus profond et de plus grave qu'il fallait prendre le temps de pénétrer et dépister. Il y avait quelque chose qui sentait l'ignorance ou tout au moins la confusion. Et c'est sans encombre que j'ai découvert la cause et confirmé ainsi mes appréhensions.

La découverte que j'ai réussi à faire dans mes multiples entretiens et méditations c'est que, derrière son côté idyllique en trompe-l'œil, Asmara n'était en réalité qu'une prison à ciel ouvert. Pendant plus de trente ans de pouvoir sans partage, un homme -un seul- avait réussi à maintenir et garder captive une population entière, tuant, manipulant et terrorisant ses propres concitoyens. Cet homme a réussi à fermer physiquement et surtout mentalement les frontières nationales pour interdire à toute "influence" étrangère de s'infiltrer. Dans un pays où seule une poignée de privilégiés peuvent voyager, dans un pays où toute une jeunesse est en service militaire sans fin, où le "service national" enchaine des générations entières et où le passeport est un privilège refusé à la quasi-totalité des citoyens; dans un pays où l'internet est l'apanage d'une infime minorité de courtisans, où la rumeur est reine, un pays où les services secrets ont fini par transpercer et déchirer les familles, dans un pays où la seule et unique identité promue est celle de l'Érythrée, comment s'attendre à une jeunesse ouverte au monde? Un homme d'âge mûr qui n'a jamais quitté les frontières de son bled, qui n'associe son identité qu'à celle autorisée par la propagande au pouvoir, qui n'a sans doute aucune idée de ce que le reste du continent a de merveilleux à offrir, comment espérer qu'il ait de l'estime pour ce qui n'est pas érythréen? Un homme dont les ancêtres et les parents ont été humiliés successivement par les Italiens puis les Britanniques, et qui a passé quatre-vingt-quinze pour-cent de sa vie à subir les méchancetés de Afewerki et ses sbires, comment attendre de lui qu'il soit magiquement enclin au respect pour les gens comme nous?

Ce travail de réflexion et de méditation suscita en moi une profonde compassion pour tout le peuple érythréen, ceux restés à ployer sous la tyrannie, ceux qui meurent chaque jour en tentant de s'évader et pour ceux qui vivent en exil sans le vouloir. L'incident au musée se révéla être une occasion pour ouvrir mes yeux naïfs sur le lourd fardeau que ces frères et soeurs Érythréens sont obligés de porter pendant trois décennies à cause d'un des leurs qui a complètement perdu son âme.

J'ai eu de longues discussions avec des familles, toujours à voix basse, sur la situation qu'elles vivent au quotidien. Mon amour et mon respect pour l'Érythrée s'en sont trouvés vivifiés, presque comme sublimés. Aimer c'est bien, mais lorsqu'on aime avec compassion et révolte, il y a comme une sorte de rage et de feu qui naissent au fond de soi et qui donnent à l'amour une odeur de passion. Je redeviens amoureux de l'Érythrée et de son peuple. En seulement quelques mois, je commence à parler le Tigrinya, une langue pourtant réputée difficile à apprendre. Mes relations avec Sadeek ont complètement changé depuis. Il vient souvent à la maison où non seulement je lui pose des questions sur lui et son beau pays, mais où je lui parle aussi du Congo, le pays qui m'a vu naître, de ses richesses, de sa culture et de son histoire. Je lui parle aussi de l'Amérique, pas de l'Amérique de la télé, mais de la vraie, la tendre et l'humble. Je lui partage mon émerveillement sur l'Érythrée et lui confie mes espérances par rapport au reste de l'Afrique et surtout pour la jeunesse du continent. Je lui fais part de ma vision d'un avenir radieux qui se dessine à l'horizon, un avenir auquel je l'invite à croire et à participer. Parce qu'informés, nos rapports sont devenus mûrs et adultes. Le respect s'est enfin installé entre nous.

Des mois passent. La guerre éclate en Ethiopie voisine. Le ton se durcit. En même temps, l'école internationale est fermée pour des raisons mystérieuses que seul le potentat connaît. Nous devons partir et aller chercher une autre école pour nos enfants dans un autre pays. Les jours qui précèdent notre départ inopiné de l'Érythrée voient défiler des dizaines de familles qui viennent pour partager une tasse de café, faire couler une larme de désolation, donner un cadeau-souvenir, ou nous inviter à aller pour une cérémonie de café ou un dîner à la cité. J'ai immortalisé des dizaines de ces rencontres fraternelles à travers des photographies que je garde amoureusement et pieusement avec moi. Une partie de l'Érythrée est avec moi, et une partie de moi est restée là-bas. Je sais qu'aujourd'hui Sadeek n'est plus le même, je sais que je ne suis plus le même. Sa souffrance et celle de tout son peuple ont été une leçon d'humilité pour moi; mon respect pour lui et ma passion pour son pays l'ont transfiguré. Et la dernière main que je serre avant de quitter le sol Érythrée c'est bien celle de ce frère.

Oui, quadrupler de respect pour ceux qui nous offensent nous libère et nous change. Oui, la compassion est un chemin de libération et de transformation.

Le respect est compassion

Après avoir vécu ces quarante-huit ans et avoir côtoyé diverses cultures dans plusieurs pays à travers le monde, il m'apparaît clair que ce dont notre monde a le plus besoin aujourd'hui c'est la compassion. Une denrée devenue rare, la compassion. Surtout celle des plus forts envers les plus faibles. Celle des plus riches envers les plus démunis. Celle des plus avancés envers ceux qui sont plus lents. Celle des saints envers les moins religieux. Celle des juges envers les inculpés. Celle des offensés envers leurs bourreaux. Le respect est le nouveau nom de la compassion.

Séparer le fautif de sa faute

Une vieille sagesse apprise très jeune. En choisissant de respecter l'irrespectueux, on choisit de le séparer de sa faute. L'homme n'est pas son péché. Respecter l'irrespectueux c'est en fait croire en l'homme et dans sa capacité de changer. Le respect devient ainsi espérance et foi en l'autre. Un nouveau credo à chanter et vivre au quotidien. Condamner indéfiniment l'autre pour sa faute reviendrait à l'enfermer dans la cage du mal, lui refuser toute possibilité de repentir et en fin de compte décréter unilatéralement l'impossibilité de rêver d'un futur différent. Respecter le fautif (et non sa faute), c'est libérer, espérer et ennoblir.

Comme tout acte ennoblissant, respecter le fautif n'est pas une tâche facile. Respecter l'irrespectueux exige de nous du courage et de l'humilité. Il exige de la grandeur d'âme. C'est la raison pour laquelle je l'adopte et le propose. Non pas parce qu'il est facile, mais parce qu'il requiert courage et humilité. Construire ou mieux re-construire notre monde aujourd'hui se fera justement loin de toute paresse morale et de toute arrogance des moeurs, car l'état piteux dans lequel se trouvent nos pays aujourd'hui provient précisément en grande partie de cette recherche effrénée de tout ce qui est facile à faire ou moralement aisé à concevoir. Cet état piteux est également causé par cette arrogance malsaine qui a créé une société à deux vitesse, une société divisée entre un petit groupe d'"ayant-raison", et une large majorité sans cesse grandissante d'"ayant-tort" obligés de vivre muselés, résignés et terrorisés dans leurs propres pays. Il est temps de mettre fin à cette situation immorale. Il faudra pour cela une nouvelle génération d'hommes et de femmes qui prennent le courage et l'humilité comme clés et emblèmes pour ce renouveau tant souhaité. Il n'y a aucune issue possible sans cette révolution des vertus.

Arrêter la spirale du mal

Répondre au manque de respect par un autre manque de respect ne peut que faire grandir le mal. Il faut stopper le mal tôt, il faut le stopper à sa racine, avant qu'il ne soit tard. Il s'agit d'éteindre le feu de l'irrespect par un flot de respect et de compassion sans mesure. Quadruple de respect pour celui qui ne te respecte pas.

Il s'agit de confesser et d'affirmer que rien, ni la haine ni la colère, ni la faute ni sa persistance, rien ne peut nous empêcher de respecter l'autre. On peut ne pas avoir les forces pour aimer, on peut ne pas accepter, ne pas tolérer l'autre, on peut même ne pas avoir les forces pour lui pardonner. Mais on devra toujours lui garantir le respect. Le respect est une fontaine intarissable. En effet, on respecte l'autre non pas PARCE QU'on lui a déjà pardonné. On respecte l'autre MÊME SI on ne l'accepte pas, même si on ne le tolère pas, même si on ne lui a pas encore pardonné. Alfred Nobel ne l'avait-il pas déjà vu lorsqu'il écrit: *"Il ne suffit pas d'être digne de respect pour être respecté"*. Oui, l'appel est d'accorder le respect même à ceux qui semblent n'en être pas dignes. On respecte l'autre même si tout le lui dénie ou tous le lui refusent, car le respect n'est pas un mérite ou un privilège, mais un droit. Sadeek n'a presque rien pour être aimé, mais il est tout pour être respecté. Voilà la loi sacrosainte à laquelle je convie à se plier car, dans l'attente d'une conversion universelle à l'amour, elle constitue le seul et ultime refuge pour cette humanité en quête désespérée de repères.

Que de conflits pourraient être arrêtés une fois pour toutes si les protagonistes acceptaient résolument et définitivement de s'engager dans une logique de respect les uns pour la vie des autres? Que de foyers verraient l'harmonie ravivée si tous les membres, comme un seul homme, choisissaient le respect pour panser les plaies saignantes de divisions et de rancoeurs? Que de pays vivraient enfin le rêve de leur développement si tous les peuples exigeaient, donnaient et recevaient le respect sans mesure les uns pour la vie, les biens et l'avenir des autres? Le manque de respect, on le voit, est une vraie auto-pendaison qui nous paralyse et nous empêche de marcher.

Respecte-toi toi-même.

Redouble de respect pour l'inconnu.

Triple de respect pour celui qui te respecte.

Quadruple de respect pour celui qui ne te respecte pas.

La vérité c'est que le manque de respect ne profite à personne. Ni à celui qui n'est pas respecté ni à celui qui ne respecte pas. En manquant de respect, en effet, non seulement nous dévalorisons et désacralisons la vie de l'autre, mais nous discréditons et desservons en même temps aussi notre propre personne en trahissant notre mépris pour toute la race humaine. Le manque de respect nous révèle plus qu'il nous élève.

On le voit, le respect va bien au-delà des bonnes manières, du savoir-vivre, de la courtoisie ou de la simple politesse qui n'en sont que des fruits et des signes. Le respect est un arbre planté dans le sol du devoir et qui donne des fruits qui valorisent et humanisent. Le respect s'apprend, mais il exige de nous une intention permanente. Si nous vivons le respect, il transformera nos épreuves en témoignages.

CHAPITRE 10

DIX ROCS POUR BÂTIR DES COUPLES STABLES ET DES FAMILLES HEUREUSES

Si tous les secteurs de nos communautés ont été touchés par la fadeur ambiante du seuil de ce siècle, avouons que la famille est sans équivoque l'institution qui a été la plus frappée. Il est pénible de constater que le seul endroit où les valeurs humaines sont transférées a été malheureusement le plus infecté par cette vague insipide qui sévit et ne veut pas dire son nom. Le nombre de divorces galope et il n'est hélas surpassé que par celui des familles disloquées ou déstructurées. Aujourd'hui, ce sont des millions d'hommes et de femmes qui vivent aigris aux côtés de millions d'enfants qui ont tout mais qui grandissent sans amour et sans attention. Le déficit des valeurs familiales est là qui nous lorgne. À y regarder de près, on a même comme l'impression qu'il y a une sorte de main obscure qui sciemment orchestre, planifie et tire profit de ce délabrement du tissu familial. Quel agenda est-il caché derrière? Sans doute le découvrirons-nous un jour. Cependant, l'urgence n'est pas là pour nous; elle consiste plutôt à nommer des solutions et des remèdes pour contrer cette main odieuse et maligne.

Il faut avoir l'audace de le reconnaître et de le dire, la famille est le seul avenir plausible de l'homme. Il n'y a pas de monde heureux sans familles heureuses. Il n'y a qu'à observer autour de nous pour nous en convaincre. Cependant, pour espérer des familles heureuses et qui élèvent des enfants heureux et équilibrés, il faut d'abord avoir des couples heureux et équilibrés. L'équation est simple. Il faut des couples heureux qui bâtissent des familles heureuses d'où proviendront des enfants qui imagineront un monde heureux et paisible qu'ils édifieront demain. Voilà pourquoi nous devrions focaliser notre attention, nos ressources et nos énergies sur le développement des couples et des parents de demain. Ce sont eux les acteurs et les maillons essentiels dans ce projet de renouveau social. Il est presque tard pour leur redonner leurs titres de noblesse.

On ne le dira jamais assez, le mariage est pour la société humaine ce que le vent est pour la mer. Donnez-nous des couples heureux et apaisés et nous vous donnerons une société heureuse et paisible. Donnez-nous des parents qui se respectent, nous vous donnerons une société où le respect mutuel règne. Donnez-nous des parents honnêtes, nous vous donnerons une société intègre. Donnez-nous des parents malheureux et irresponsables, nous vous montrerons le genre de famille qu'ils bâtiront et le genre de société que leurs progénitures imagineront.

Pour illustrer ceci, parlons un peu d'un sujet tabou. Une arnaque autorisée et canonisée. Il s'agit de ces personnes sans foi ni loi qui détruisent la vie de milliers d'enfants au vu et au su de tout le monde. Ils réussissent à capturer (car recruter ne serait pas le terme juste et approprié) et à entraîner des enfants qu'ils déploient ensuite chaque matin autour des supermarchés, des hôtels et dans les rues caniculaires et poussiéreuses des grandes villes des pays de l'Afrique de l'Ouest. Seuls ou des fois en petits groupes de trois ou quatre, ces enfants anémiés, morveux et aux ventres bedonnants, circulent pieds nus pendant plus de dix heures par jour dans les rues, transportant des bols métalliques remplis de quelques pièces de monnaie. Ils utilisent ces bols à la fois comme clochettes et paniers pour leurs quêtes, ou parfois comme chapeau pour se protéger du soleil sahélien. Mendiants professionnels et précoces, ils secouent ou tapotent ces bols pour attirer l'attention des passants et, à l'aide de phrases mémorisées et mille fois ressassées, ils harcèlent les passants en attisant leur pitié et en leur promettant un au-delà doux et paisible à coups de paroles pieuses. Assis dans leurs maisons climatisées des cités populaires, leurs maîtres impitoyables les attendent à la tombée du jour pour se saisir de leur butin. Les jeunes mendiants qui ramènent une bonne cagnotte reçoivent la bénédiction du caïd. Quant aux infortunés qui se hasardent à retourner à la maison bredouille, ils sont sans procès soupçonnés ou automatiquement accusés de vol. Ils n'auront pas droit à la modique soupe du maître et, en cas de récidive, ils subiront alors un passage à tabac qui servira à la fois de punition pour les fautifs qu'ils sont et d'avertissement sévère pour les autres malfrats potentiels. Ces enfants dont on parle sont parfois âgés de moins de six ans et la majorité de moins de dix ans. Lorsqu'ils arrivent à s'affranchir plus tard durant leur adolescence, ces infortunés sont déjà complètement détruits.

Cette situation déplorable n'est malheureusement pas circonscrite à la seule Afrique occidentale. De Yaoundé à Kinshasa, de Nairobi à Lusaka, en passant par Brazzaville et Cotonou, ce sont des millions d'enfants qui sont abandonnés par leurs propres parents et jetés dans les rues. Accusés de sorcellerie par leurs propres géniteurs, avec ici encore l'aide de religieux aux théologies hideuses et fallacieuses, ces pauvres créatures sont obligés de devenir adultes avant leur adolescence. Abusés, maltraités au vu et au su de tous, ils sont la honte de toute une génération de parents et d'hommes politiques irresponsables.

Comme en Afrique de l'Ouest, il serait facile de condamner ces voleurs et ces criminels habillés en religieux. Il serait aisé de pointer du doigt les autorités locales et même les ONG donneurs de leçons qui tous se taisent devant cette pratique honteuse, parce que tous profitent de la situation. Cependant, la question de fond serait de savoir où sont les parents de ces enfants. Où sont leurs familles? Pensez-vous que des parents heureux et responsables accepteraient de livrer leurs propres enfants en pâtures à ces esclavagistes des temps modernes? Pensez-vous vraiment que des parents heureux et équilibrés taxeraient leurs propres progénitures de sorcières et les largueraient sans vergogne dans la gueule de la rue? Fin de digression.

Voilà pourquoi nous devons faire de la formation des couples et des parents la priorité de nos projets de société. Le mariage ne change pas les gens. Il les révèle. Je mets toute notre société au défi.

TROIS SECRETS POUR LE MARIAGE

Avant d'aborder et d'essayer d'appliquer les dix rocs du respect au sein du couple et de la famille, je voudrais d'abord brièvement livrer trois recettes secrètes pour bâtir des couples et des mariages stables et heureux. Ce sont des vérités simples et solides qui ont aidé plus d'une famille. Acquises ou révélées au cours des années, je les ai enseignées et proposées à de nombreux couples lors de sessions de groupes ou de partages privés. Aujourd'hui, notre propre famille essaie de les vivre et en tire à chaque fois des fruits délicieux. J'ai pensé qu'il serait bon à présent de les mettre par écrit pour la postérité et pour la prospérité des couples et des familles. Si elles ne peuvent servir de repères ou d'inspiration, elles pourraient tout au moins amorcer une conversation et susciter d'autres réflexions. L'avenir de l'homme c'est la famille. Et nous ne pourrons espérer et construire de bonnes familles que si nous avons de bons couples. Cette conversation devrait commencer et devenir une de nos priorités de notre génération. Voici donc quelques-unes des idées et des pistes que je propose.

Premier secret: Les couples qui restent ensemble

Les couples qui restent ensemble, restent ensemble. Oui, les couples qui dorment ensemble, se lavent ensemble, marchent ensemble, cuisinent ensemble, mangent ensemble, prient ensemble, lisent et voyagent ensemble, ces couples restent ensemble. Cette magie s'explique aisément: en s'adonnant intentionnellement et régulièrement à ces activités ensemble, les conjoints s'offrent gracieusement une opportunité unique de mieux se connaître. Mais bien plus encore, à travers ces activités quotidiennes apparemment banales, c'est également tout un enseignement implicite qui se révèle et toute une symbolique et une mystique qui se dégagent au profit des conjoints.

En effet, en dormant ensemble, les conjoints ferment la page de la journée ensemble, reposent leurs corps ensemble et c'est ensemble, côte à côte, qu'ils récupèrent leurs forces pour le lendemain. Ainsi, sans le dire, ils se rappellent l'un à l'autre qu'ils sont tous deux des êtres de chair que la fatigue guette et que le repos restaure. Le mariage n'est-il pas ce lit nuptial où deux âmes se lassent et se revigorent sans cesse l'un l'autre?

En se lavant ensemble, les conjoints sans le dire, et même sans le savoir, se rappellent et se confessent qu'ils sont des êtres faibles et faillibles mais qui peuvent à tout moment s'entraider pour se relever l'un l'autre les yeux fixés sur l'avenir. Le mariage n'est-il pas ce bain mystique où le pardon de l'un lave et restaure l'image salie de l'autre?

En marchant ensemble, les conjoints vivent sans doute le symbole le plus beau de leur union qui en fait n'est autre qu'une marche commune qu'ils font la main dans la main. Oui, le mariage est en effet cette route que deux âmes empruntent librement pour aller à la découverte de leur destinée commune.

Cuisiner ensemble? Mais quoi de plus sublime! Le mariage est une célébration, une fête de l'amour. En coupant les légumes, en allumant le feu, en ajoutant du sel, en attendant patiemment, en goûtant les mets, en dressant la table et en rompant le pain, c'est toute la poésie et la fragilité de la vie conjugale et familiale qui s'y célèbrent à coeur joie. Oui, le mariage est un banquet où deux êtres apportent le feu de leur amour et grandissent ensemble pour devenir ce sel de la terre et ce vin nouveau dans de nouvelles outres.

En priant ensemble, les conjoints confessent leur union spirituelle, l'enracinent dans la stabilité et se désaltèrent à la source même de l'amour que leurs coeurs ne peuvent que recevoir. Même si le mariage est un dur labeur, il est aussi et n'est d'abord qu'une effusion, une offrande et un don toujours à recevoir.

En lisant ensemble, les conjoints grandissent et voyagent ensemble en découvrant la beauté et les mystères du monde et du genre humain. Aussi vrai que la bague au doigt n'est pas une corde au cou, le mariage n'est ni une prison ni un îlot où les conjoints vivraient leur amour seuls et isolés. Il est plutôt une école ouverte à la beauté et au drame de l'espèce humaine. Le mariage est mission et les conjoints sont missionnaires pour le monde autour et loin d'eux. Le "Ite missa est" du jour des noces est une réalité de chaque jour. En tant qu'église domestique en effet, la famille convoque pour provoquer, rassemble pour faire éclater et réunit pour envoyer.

Il est clair que toutes ces petites mystiques quotidiennes dilatent le couple en lui donnant d'autres dimensions et en lui ouvrant d'autres horizons. Je le sais, les conjoints qui pratiquent intentionnellement ces simples gestes au sein de leur couple au quotidien consolideront sans aucun doute leur union. Ils restent ensemble parce que déjà … ils restent ensemble.

Deuxième secret: La mémoire, la foi et l'unité

Comme croyant, et autrefois comme religieux, j'ai eu beaucoup d'occasions de côtoyer le mal. Je l'ai vu à l'acte. Je l'ai analysé et combattu. J'ai vu comment il a détruit de nombreuses vies et de nombreuses familles. Je crois comprendre un peu et je voudrais révéler succinctement comment l'esprit du mal opère pour détruire.

Les armes fatales et rusées que l'esprit du mal utilise sont toujours les mêmes: l'oubli, le doute et la division. Difficilement perceptibles, ces armes sont secrètes et leur usage est souvent subtil et sophistiqué. Patient comme un chasseur, le mal tue lentement mais sûrement. C'est à petit feu qu'il gangrène. Dans le cas précis des couples, cet esprit agira insidieusement pour que les conjoints *oublient* tout ce qu'ils ont de bons à célébrer et qu'ils ne puissent voir plutôt que ce qui ne marche pas l'un chez l'autre. Lorsqu'on ne voit plus que le mauvais côté des choses au sein du couple, on commence à faire s'étioler le feu de l'enthousiasme conjugal. En conséquence, on commence à imaginer soit une porte de sortie soit à developper des mécanismes malsains de défense.

L'esprit du mal agira aussi pour insuffler et faire naître un doute pesant et un manque de confiance entre les conjoints. Le doute est contagieux et venimeux. Le doute tétanise et immobilise. Lorsqu'on *doute* de son conjoint, c'est tout le regard qu'on lui porte qui est entamé, car le doute engendre la méfiance qui, lorsqu'elle est perçue, provoque à son tour une léthargie dans les rapports conjugaux. Comme on peut le voir, dans un tel contexte toxique, c'est l'avenir du couple lui-même qui est remis en question.

Cet esprit odieux agira enfin pour créer la *division* au sein du couple. Dernière arme de ce triple arsenal diabolique, il faut noter que la division est la plus létale de toutes. Contrairement aux deux autres armes, celle-ci s'installe souvent de la manière la plus secrète, invisible et subtile. C'est très souvent sous forme de petites habitudes que la division se glisse et puis s'installe au sein du couple. Si ces petites habitudes ne sont pas détectées et abordées tôt, elles grandissent pour finalement se hisser en caractères permanents. Isolations répétées, usage abusif du téléphone portable, voyages fréquents en solitaire, repas mangés seul, écoute fréquente d'opinions ou "conseils" de personnes autres que son conjoint, etc., voilà autant de petites choses qui pourraient à la longue finir par séparer spirituellement les conjoints et interdire ainsi à la famille la joie et la force qu'elle mérite.

En réponse à ces ruses, trois solutions existent aussi: **la mémoire, la foi et l'unité**.

-La mémoire:

"Compte tes bénédictions." Guy Penrod

La mémoire est une puissance inouïe. Comme la vue, il faut l'avoir perdue pour en reconnaître la valeur. J'en ai fait la pénible expérience à Djibouti quand ma mère était venue habiter avec nous. Un AVC fracassant avait emporté sa mémoire pour quelques mois. Un drame que je ne souhaite à personne. Du jour au lendemain, ma mère ne savait plus où elle était, qui j'étais, ni ce qu'elle avait été. Elle avait complètement perdu le sens du temps. Elle avait tout oublié, jusqu'à mon nom, jusqu'à sa propre langue maternelle. Elle était dans l'obscurité totale. Elle avait perdu l'appétit, et manger était devenu une corvée pour elle. Elle respirait, mais vivait-elle vraiment? La terre et tous ses éléments étaient tombés sur ma tête. Je me rappelle la peine et le désarroi que ceci causa au sein de la famille. Aujourd'hui, ma mère est guérie de cette maladie et a recouvré sa mémoire. Sa vie est de nouveau comme un jardin au printemps, avec le sourire ravageur et la joie contagieuse qui l'avaient toujours distinguée.

De la même manière, en réponse au mal de l'oubli, il est important de créer une culture du souvenir au sein du couple. C'est curieux et impressionnant que dans la Bible par exemple, le verbe "se souvenir" revient plus d'une centaine de fois et souvent à l'impératif. Comme si l'importance de la mémoire avait déjà été soupçonnée des siècles auparavant. En effet, chaque couple qui se veut sain devrait développer un mécanisme pour contrer l'oubli et assurer la bonne mémoire. Ceci consisterait entre autres à maintenir un diaire des grands événements de la famille, un album familial, des éléments sonores et visuels qui immortalisent les moments heureux et moins heureux du couple, mais aussi des objets qui rappellent des lieux ou des périodes-clés de l'histoire du couple. Mais au-delà de ces supports matériels, indispensables, chaque conjoint est appelé à intentionnellement garder dans son coeur et à se rappeler au quotidien les faits et détails positifs de l'autre. La mémoire sauve et redonne toujours le bon goût à la vie. De quoi nourrissons-nous notre mémoire familiale?

-La foi:

"Résistez-lui par la force de la foi." 1 Pierre 5, 9

Un des aspects fréquents dans les unions malsaines c'est la culture du soupçon. Les conjoints qui désirent construire et maintenir un mariage heureux et stable devraient développer une culture différente ancrée sur la confiance en soi et la confiance en son conjoint. Pour promouvoir une telle culture où les soupçons disparaissent, nous recommandons que tous les deux conjoints développent et choisissent intentionnellement de vivre dans la transparence et de s'inscrire résolument dans la logique de la vérité qui favorise et facilite toujours l'éclosion d'un environnement de confiance. Beaucoup de couples malheureusement vivent le jeu de cache-cache où les demi-vérités et les mensonges récurrents finissent par infuser le doute. L'antidote consiste à jurer de toujours dire la vérité et à s'engager de vivre dans la sincérité, en maintenant une communication permanente. Cette communication tue les soupçons inutiles car elle offre l'occasion aux conjoints de clarifier les non-dits et d'exorciser toutes les zones d'ombre qui peuvent s'installer entre eux. Dans un couple où la communication existe, la phrase *"Nous devons parler"* ne devrait pas annoncer ou insinuer qu'il y a un problème à résoudre dans le foyer.

-L'unité:

Unis, nous tenons! Divisés, nous tombons!

Il est superflu de le dire encore, la division est le mal qui paralyse et atrophie le plus les couples et les familles. C'est le risque le plus fort et qu'il faut combattre avec le plus de ténacité. Les conjoints qui veulent vraiment garantir la survie heureuse à leur couple et à leur famille devraient s'atteler à opter toujours pour ce qui consolide leur unité. Les facteurs de division peuvent être exogènes, provenant d'acteurs extérieurs. Mais elles sont le plus souvent endogènes et très insidieuses, et elles ont pour cause principale le manque de vigilance des conjoints. Il s'agira donc de développer une culture de vie commune où les activités quotidiennes se vivent toujours ensemble autant que possible et où toute isolation non justifiée est évitée à tout prix. Ensemble est le slogan du mariage et de la famille. Comme présenté plus haut, ceux qui restent ensemble restent ensemble. C'est d'abord ce temps passé ensemble qui a cette magie de solidifier les liens conjugaux et familiaux et de les inscrire dans la durée.

Troisième secret: Contre l'infidélité

> *"Le gazon du voisin est toujours le plus vert".*
> Proverbe américain

Pire de toutes les menaces, l'infidélité dans le couple est une trahison. C'est son vrai nom. Il faut de l'audace pour la nommer comme telle. Une trahison. Si on peut apprendre à trahir, on peut aussi apprendre à être fidèle et à respecter son conjoint. Car comme une trahison, l'infidélité n'est pas une fatalité. Elle naît, grandit, s'installe et finit toujours par détruire.

La réalité c'est que la convoitise de la chair, la convoitise de l'oeil et l'orgueil de la vie (1 Jean 2, 16) seront toujours l'apanage de l'homme. En effet, l'on croisera toujours une autre femme qui est peut-être mieux habillée, qui prépare un mets plus délicieux, on pourra toujours rencontrer un autre homme plus diplômé que notre conjoint. Et parfois même, ce sera nous-mêmes qui serons convoités par une personne autre que notre conjointe pour des raisons que nous ignorerons. Nous vivons aujourd'hui dans un monde où même les femmes et les hommes mariés sont ciblés voire "préférés" pour l'adultère parce que, semble-t-il, ils seraient plus matures et garderaient mieux le secret, contraints qu'ils seraient de garder les choses "confidentielles". Cependant, la vérité c'est que le mariage est un choix dont les conséquences sont permanentes. On choisit un seul conjoint une fois pour toutes pour l'aimer lui seul et le servir lui seul toute sa vie. Les conjoints sont conviés à réitérer ce choix chaque matin. La tentation est grande d'essayer "juste une fois". Mais, comme disait mon grand-père, en fait d'adultère, de partir c'est rien, c'est de rentrer qui est parfois compliqué. En fait, l'appétit venant en mangeant, certains ne savaient plus par quel chemin ils retourneraient à la maison.

Une triple antidote pour éviter l'infidélité, c'est la gratitude, la pudeur et la pitié. La *gratitude* sans cesse renouvelée à l'endroit de son conjoint. Cette gratitude comme nous l'avons vu précédemment transforme tout en moment de fête et de célébration. *Pudeur* (je dirais mieux honte) par rapport à tout ce qui souillerait l'union sacrée et en entamerait la réputation, la honte est un bouclier qui dans certains cas, est l'ultime protection qu'il nous reste pour garder notre pureté nuptiale. La *pitié* et la compassion enfin pour le coeur de ce conjoint que l'on a la responsabilité de ne pas blesser. Ces trois peuvent s'apprendre et se développer.

LES DIX ROCS DU MARIAGE

Voyons à présent comment les dix pierres du respect pourraient être appliquées et vécues dans le couple. Cette sagesse solidifiera les mariages et les familles. Je suis fermement convaincu que ces pierres constituent une fondation solide pour des mariages heureux, apaisés et au sein desquels naissent et grandissent des enfants heureux et respectueux. Ces enfants partiraient de ces familles pour bâtir à leur tour leurs propres familles et devenir des artisans de paix.

RESPECTE-TOI

La charité bien ordonnée commence par soi-même, enseigne si bien le dicton. Et le respect bien ordonné commence par soi-même aussi. On ne respectera rien, on ne respectera personne si au préalable on ne se respecte pas soi-même, parce que la mesure qu'on utilise pour soi est souvent la même qu'on utilise pour les autres.

Pour pouvoir bâtir le couple sur les dix rocs, il faut d'abord insister sur la dignité personnelle de chacun des conjoints. Il s'agit pour chacun de se rappeler qui il est et d'ajuster son comportement en conséquence. En plus du respect renouvelé des voeux et des promesses nuptiales, une personne mariée est appelée à se conduire en personne mariée. Ceci implique un habillement approprié qui inspire la noblesse et la grandeur du mariage. En plus de la propreté du corps des mariés, il y a aussi la propreté de la maison conjugale, ce lieu où se célèbre en fait tout le mystère de leur amour. En un mot, les conjoints sont d'abord appelés à respecter l'institution même du mariage et de lui donner la dignité et le statut qui par nature sont les siens.

Par ailleurs, comme nous l'avons montré, se respecter soi-même comme personne mariée exige le respect pour le temps et pour la parole donnée. Ceci peut paraître banal, mais, croyez-moi, je connais et j'ai accompagné beaucoup de couples où les petites promesses fréquemment non tenues et aussi les petits retards à répétition ont à la longue causé de graves ennuis à la bonne santé et à l'avenir même des mariages. Lorsqu'on n'est pas marié ou lorsqu'on n'a pas l'habitude d'accompagner les couples, on peut s'imaginer que la cause des désagréments au sein du couple doit être toujours énorme. Ceux qui en ont l'expérience par contre savent que dans le mariage, plutôt que la proportion ou la taille des faits reprochés, c'est surtout la fréquence et la persistance des défauts minimes qui sont à la base des soucis conjugaux. Des juristes disent que plusieurs petites fautes cumulées valent faute lourde.

J'aimerais aussi pour finir parler du respect des origines et des traditions individuelles des mariés. Comme nous l'avons observé précédemment, respecter d'où l'on vient est la marque ultime du respect de soi. Dans le cadre du mariage, ceci est plus pertinent pour les couples ou unions mixtes. Ces unions sont mixtes par la différence de religions, par races ou par une multitude de traditions ou croyances diverses et variées. Il s'agit de mon cas personnel. Ces couples sont de plus en plus nombreux grâce entre autres aux mouvements de populations rendus faciles par l'avancée de la technologie. Cependant, si les ménages qui naissent de ces unions mixtes sont beaux et inspirent l'admiration, il faut tout autant avouer que certains traversent souvent des turbulences qui peuvent malheureusement quelques fois être fatales. Le remède efficace (la meilleure attitude à adopter) c'est d'abord pour chaque conjoint de respecter ses origines, d'en être fier, et de résister à la tentation d'assimilation ou d'auto-déni pour accommoder ou ne pas heurter l'autre. Se renier soi-même est toujours contre-productif quand bien même on le ferait avec de bonnes intentions. Tout le secret réside dans l'humilité et la joie avec lesquelles on garde sa culture et la marie avec celle de l'autre tout en restant disponible à apprendre l'un de la culture de l'autre.

REDOUBLE DE RESPECT POUR L'INCONNU

Mon conjoint, un inconnu? Mon épouse, une étrangère?

Oui. Ils ont beau vivre, manger et dormir ensemble, ils auraient beau venir d'un même village, mari et femme sont et resteront toujours un mystère l'un pour l'autre. Ils le sont d'ailleurs chacun pour lui-même. L'époux est et sera toujours cet inconnu, chaque jour changeant, chaque jour à re-découvrir et devant qui on est invité à s'émerveiller sans cesse chaque matin.

"Mon mari a changé; il n'est plus le même". Voilà quelques-unes des phrases qu'on entend souvent lorsqu'on accompagne les couples qui chancellent. Il est impérieux pour les conjoints d'apprendre et de sans cesse se rappeler qu'ils sont chacun une histoire libre et sacrée, une histoire en perpétuel mouvement. Oui, tout conjoint est une histoire, avec ses hauts et ses bas, avec ses chapitres, ses épisodes et ses saisons, avec ses intrigues et ses suspenses. C'est cela toute la beauté et la saveur du mariage. Poser chaque matin un regard toujours neuf à son conjoint est un des premiers signes de respect mutuel, gage de mariages sains et heureux.

En effet, la première marque de respect qu'une personne devrait manifester à son conjoint, c'est justement lui offrir avec joie cet espace de liberté où l'on reçoit en permanence l'autorisation d'être et de devenir, de grandir et de changer, avec la beauté des délais et des surprises que ceci implique. En somme, le mariage est une école de révérence, de patience et de prudence de l'un envers l'autre. Cette révérence, cette patience et cette prudence mutuelles génèrent et assurent un bonheur et un équilibre certains au sein du couple et de la famille. Le contraire n'installera qu'un climat malsain où la peur et la frustration règneront en maîtres.

TRIPLE DE RESPECT POUR CELUI QUI TE RESPECTE

Lorsqu'une personne se donne à l'autre par le lien du mariage, il s'agit d'une offrande totale, corps et âme. Les époux se livrent l'un à l'autre dans un mystère d'amour qui n'invite qu'à l'adoration et à l'émerveillement. Mais le mariage est aussi un choix qu'on porte l'un sur l'autre au milieu de la multitude. Le mari choisit librement sa femme et vice-versa. Et, par respect l'un pour la vie de l'autre, ils decident de vivre ensemble dans l'acceptation et l'accueil mutuels. C'est le summum du respect. Et la seule manière de répondre à pareille considération, c'est de la rendre triplement l'un à l'autre. Et dans cette sorte de compétition de respect mutuel, le couple s'en trouve solidifié et ennobli.

Le mariage est l'espace où la gratitude devrait être le maître-mot pour les conjoints. Je respecte mon conjoint pour honorer en retour son respect initial pour moi. Je respecte la femme par gratitude pour le respect qu'elle m'a affiché en portant son choix sur moi et rien que sur moi. Je triple et amplifie mon respect pour cette femme qui s'est livrée à moi et m'a tout donné, jusqu'à son propre corps.

Les maisons qui vivent ce respect-gratitude au quotidien verront leur routine être transformée en jour de fête, car tout ce que les conjoints reçoivent l'un de l'autre devient un motif de célébration et d'action de grâces.

QUADRUPLE DE RESPECT POUR CELUI QUI NE TE RESPECTE PAS

> *"Pardonne jusqu'à soixante-dix fois sept fois".*
> (Matthieu 18, 21-22)

Qui ne sacrifie rien n'a rien. C'est la règle d'or du mariage. On peut oublier tous les préceptes et conseils sur le mariage et ne garder que cette règle et l'inscrire dans son coeur. Après une quinzaine d'années de vie commune et un peu plus d'une vingtaine d'années d'accompagnement de couples, toute la sagesse autour du mariage ne pourrait se résumer qu'à cet appel au sacrifice. Et justement, le respect est un sacrifice, car dans le mariage, les conjoints en tant qu'êtres faillibles, sont constamment confrontés à la problématique récurrente du pardon à demander, à offrir et à recevoir.

Les heures et les jours qui suivent la nuit nuptiale révèlent très vite aux conjoints la différence entre l'euphorie des noces et la vie réelle au sein du couple. Cet atterrissage dans le réel survient en général autour des incidents insignifiants et des circonstances banales: un oubli, un retard, ou un petit manque de gratitude par ci, un emportement soudain, une impatience, une parole mal formulée ou mal reçue par là. Très vite, les nouveaux mariés découvrent leurs différences au grand jour et comprennent qu'il n'y a pas d'autres voies que d'apprendre à se comprendre et à se respecter mutuellement pour vivre ensemble dans la paix.

Si le mariage est une rivière dont la source est l'amour, alors le respect en est ce pont qui l'aide à la traverser. L'amour fait naître et grandir le couple. Le respect lui fait franchir le temps, ses tempêtes et ses vicissitudes. Le respect est ce qui a de tangible à l'amour des époux. Et c'est notamment dans les moments de crise -petite ou grande, passagère ou chronique- que le respect joue un rôle salutaire. Si je pouvais résumer la vie du mariage en quelques mots, je dirais qu'elle est une série de joies partagées et de crises surmontées ensemble. Ces petites célébrations et ces petits triomphes constants font du mariage une belle aventure et un peu comme un bon livre dont on n'arrête jamais de tourner les pages.

Pour pouvoir inscrire le mariage et la famille dans la durée, les conjoints sont donc appelés à s'engager sur la voie du respect qui est pardon constant et compassion permanente. Il s'agit d'accepter et de reconnaître que l'on sera par moments blessé, heurté, déçu, et même parfois dégoûté par l'autre. C'est la nature-même du lien conjugal. Il se pourrait même qu'à un moment l'on commence à se demander si on ne s'était pas trompé de choix ou si on ne s'était pas marié trop tôt. Tout marié honnête l'avouera. Cependant, peu importe la nature, la taille ou la fréquence de l'offense, les époux seront appelés à sans cesse se manifester le respect en séparant toujours la faute du fautif, en choisissant d'arrêter de bonne heure le cycle du mal et en engageant une communication sincère pour comprendre et rétablir l'autre. Cette démarche de compréhension et de compassion consolide le lien entre les époux. La météo pour les malaises conjugaux n'existe pas. Ce qui en revanche existe et que les conjoints peuvent contrôler, c'est leur disponibilité à respecter et à compatir. Et c'est la main sur le coeur que je dévoile cette foi et cette conviction. Sans respect et sans compassion, le mariage n'est qu'un très joli rêve qui commence et s'achève le jour des noces.

CHAPITRE 11

LE MONDE DE DEMAIN

Qui aimerait imaginer le monde de demain? Qui voudrait penser le monde de demain? Qui serait prêt à planter le monde de demain?

Ils sont *nombreux* ceux et celles qui rêvent du monde de demain. Ils l'imaginent plus heureux et moins violent que le nôtre. *Peu nombreux* sont ceux et celles qui le pensent et y réfléchissent. Réfléchir sur les voies et les moyens pour nous conduire à ce monde semble n'être l'apanage que d'un petit groupe de personnes. Et *plus rares* encore sont ceux et celles qui plantent au quotidien les graines pour ce monde de demain. Pourtant, le monde de demain est moins une question de rêve, de verbiage et d'expertise, mais plus une question de semailles.

Je vois la famille comme une vigne et les époux comme ces vignerons qui en prennent soin et sont prêts à donner leur vie pour elle. Nous avons désespérément besoin de ces nouveaux vignerons. Le vin nouveau dont le monde a tant soif ne viendra que de ces nouvelles vignes gardées et tenues par ces nouveaux vignerons. Il y a urgence à former ces nouveaux vignerons. C'est un défi que je lance à notre temps. En voici les termes, simples et faciles. Donnez-nous de bons parents et nous vous donnerons de bonnes familles. Donnez-nous de bonnes familles et nous vous donnerons un monde nouveau.

La famille de demain sera cet espace où les enfants apprendront de leurs parents à se respecter sans prétexte ni prétention, à se faire respecter sans négociation et surtout à respecter toute personne humaine sans conditions ni préalables.

La famille de demain sera cette tente où les enfants apprendront de leurs parents à partager et à compatir, à apprécier l'autre comme histoire sacrée et à avoir de la gratitude pour tout et pour tous.

La famille de demain sera cette maison où les enfants apprendront de leurs parents la vraie valeur des choses et de la vie, où ils apprendront qu'ils ne sont pas ce qu'ils ont, et qu'ils peuvent être plus en ayant peu.

La famille de demain sera ce toit sous lequel les enfants apprendront de leurs parents à se plier et se soumettre à la vérité, mais aussi à penser en dehors des normes et à interroger leur époque.

La famille de demain aura cette table simple et joyeuse autour de laquelle les enfants mangeront et boiront, mais où ils seront surtout nourris de l'amour dont le monde actuel a le plus faim et du respect dont il a le plus soif. Rassasiés, ils pourront ainsi imaginer et bâtir un nouveau monde où les gens ne seront plus riches en possessions et faméliques d'amour, mais où l'amour et le respect seront offerts à tous gratuitement.

On ne le dira jamais assez, le monde de demain, c'est d'abord ces nouvelles familles où les couples donneront naissance, non seulement à leurs enfants, mais aussi à tout un avenir, à un nouveau commencement. Car la famille a pour vocation d'unir pour faire éclater, de rassembler pour donner et envoyer.

Où et comment formerons-nous ces nouveaux vignerons?

Où formerons-nous les parents à se respecter et à apprendre à leurs enfants à faire autant?

Comment formerons-nous les parents à doubler de respect pour l'inconnu et à apprendre à leurs enfants à faire autant?

Qui formera les parents à tripler de respect pour ceux qui les respectent et à apprendre à leurs enfants à faire autant?

Quand formerons-nous les parents à quadrupler de respecter pour ceux qui ne les respectent pas, et à apprendre à leurs enfants à faire autant?

EPILOGUE

LÉGENDE DE LA REINE ATOSHA

Il était une fois un jeune Roi sage et généreux qui régnait sur une terre riche et prospère. Ce roi s'appelait Miketo et son Royaume s'appelait Zuniu. D'une tendresse et d'une bonté hors du commun, Sa Majesté Roi Miketo faisait la fierté de la dynastie. Après le règne long et fructueux de son père le Roi Miketo Huit, le jeune prince surprit tout le royaume par sa sagesse et son sens d'organisation. Tout le peuple de son royaume priait pour la longue vie du roi. Sa réputation avait traversé les frontières. Des pays et royaumes environnants, des milliers d'hommes et de femmes venaient avec leurs familles pour trouver refuge à Zuniu. Les agriculteurs de Zuniu produisaient du maïs, du blé, de l'huile par tonnes et par tonnes. Des milliers d'hectares d'une verdure luxuriante couvraient les plaines et les collines du royaume. L'art de Zuniu était des plus prisés, et les belles et hautes constructions faisaient l'admiration de tous les voisins qui venaient visiter le royaume pour en apprécier l'architecture.

Comme sa réputation, la générosité du roi Miketo était elle aussi parvenue au-delà des frontières de Zuniu. Pendant la saison des récoltes, le roi expédiait des caravanes avec des tonnes de nourriture auprès des royaumes voisins pour les distribuer aux pauvres et à tous les indigents. Les immigrants qui arrivaient et demandaient refuge dans le royaume étaient accueillis à bras ouverts et recevaient gratuitement un toit et un gagne-pain. Des milliers de personnes aux maladies incurables venaient à Zuniu pour recevoir le traitement et la guérison des mains des guérisseurs locaux et retournaient chez eux après une période de convalescence de trois mois aux frais du roi Miketo lui-même.

Vive Miketo! Vive Zuniu! Longue vie au roi! scandaient les résidents et les visiteurs lors des festivals.

Cependant, la prospérité de Zuniu ne faisait pas que des admirateurs et la bonté de Miketo quant à elle ne faisait pas non plus que des heureux. Au contraire, certains rois voisins et même lointains devenaient jaloux du roi de Zuniu. Les peuples des royaumes environnants présentaient en modèle ce jeune monarque au coeur d'or, et ceci agaçait énormément leurs rois. Dès lors, de nombreuses guerres seront menées contre le royaume, de nombreuses tentatives de déstabilisation seront orchestrées, des espions seront formés et ensuite envoyés pour infiltrer le royaume prospère, mais Kabeshampungu, Dieu de Zuniu, et les ancêtres étaient toujours du côté du roi Miketo. Les espions étaient à chaque fois débusqués aux frontières. Toutes les manoeuvres étaient débusquées. L'armée farouche de Zuniu faisait toujours essuyer une débâcle à toute aventure militaire entreprise contre le peuple et son roi chéri. Certaines batailles furent par contre très violentes, comme par exemple celle de Deremba au cours de laquelle le roi perdit son oeil droit, où son fils aîné perdit sa vie tandis que deux mille hommes y laissèrent leur peau. Le royaume fut sauvé in extremis grâce à la prouesse salvatrice d'une unité spéciale venue de la zone Ouest de Zuniu.

Le roi Miketo respectait et faisait respecter les traditions de ses ancêtres ainsi que les tabous imposés par Kabeshampungu,

Dieu de Zuniu. Une police des traditions et une police pour les tabous avaient été créées dans le royaume. Le peuple vivait libre et heureux et respectait scrupuleusement les normes qui garantissaient la paix, le respect et l'harmonie sociale. Les policiers rappelaient et faisaient respecter les dizaines de consignes au peuple et les prêtres de la cour les répétaient au roi lui-même lors des cérémonies quotidiennes. La concorde régnait. Tout récalcitrant était convoqué et recevait admonitions et conseils. La police s'occupait du peuple et les prêtres se chargeaient du roi.

Un des tabous interdisait au roi et à tout son peuple d'absorber des boissons étrangères. La seule boisson autorisée à Zuniu était l'eau de la source de Waleku qui se trouvait au coeur de la forêt de Namuka. Tout visiteur ou immigrant qui entrait dans le royaume était minutieusement fouillé au préalable, et tout liquide, en quelque quantité qu'il fût, était confisqué puis brûlé en public. Ces fouilles se faisaient dans tous les objets transportés par les voyageurs. Même les parties du corps y compris les plus intimes n'étaient pas épargnées lors de ces inspections. Pour restaurer la pureté du royaume et de ses habitants, des incantations suivaient alors la saisie et l'incinération des liquides et autres objets illégaux retrouvés. Toute personne sur qui le liquide illicite avait été découvert était conduite à la piscine de purification pour y être lavée de ses souillures. Elle était alors autorisée à entrer dans le royaume.

Parmi les rois jaloux de Zuniu, un en particulier avait une détermination à faire tomber la dynastie Miketo dont il convoitait la prospérité. Ce roi s'appelait Lopolo. Son royaume s'appelait Paraya. Lopolo et ses services secrets imaginèrent donc un projet diabolique contre le royaume de Zuniu. Ils repérèrent une jeune femme au Sud de Paraya nommée Sirapa. Et pour réaliser leur sale besogne, ils formèrent la jeune femme pendant trois ans à la discipline, à l'art de dissimulation et à certaines autres techniques macabres. D'une beauté irrésistible, Sirapa était une jeune femme intelligente, patiente et soumise. Chanteuse et danseuse de talent, ses gros yeux humides et lumineux éblouissaient tout homme qui s'approchait d'elle et la regardait. Sa voix rendait jaloux les rossignols du royaume alors que son corps de danseuse faisait pleurer les femmes de Paraya. Après la formation et les multiples pratiques et répétitions, les membres des services secrets de la cour du roi Lopolo envoyèrent la belle femme à Zuniu avec des instructions claires. Elle devait se faire passer pour une malade, dissimuler et faire passer clandestinement quelques gouttes d'un liquide succulent, mais sa mission ultime était de s'incruster furtivement dans la cour du roi Miketo, séduire le roi et lui faire boire de ce liquide envoûtant.

Sirapa subit une incision dans sa cuisse gauche et un petit flacon gros comme un doigt d'enfant fut introduit et caché au fond de la plaie. On couvrit la plaie avec des feuilles médicinales pour lui éviter l'infection. Le voyage de Paraya à Zuniu dura près d'une semaine. Quand elle arriva à la frontière transportée sur une civière par quatre hommes, c'est une Sirapa maigrichonne, fiévreuse et pleureuse sur qui la police s'apitoyait. Cinq jours de marche sous la canicule et les vents violents avaient épuisé la jeune femme et ses transporteurs. On fouilla tout le groupe et on passa tous leurs bagages au peigne fin, mais on ne trouva aucun objet prohibé. On fit descendre la malade et on l'inspecta selon les strictes lois et les règlements du royaume. On enleva même les feuilles qui couvraient la plaie puante. Une pause. Un silence. L'un des policiers voulut palper et inspecter la plaie. Le coeur de Sirapa commença à battre la chamade. Une sueur subite mouilla son visage d'ange. Elle tremblait d'anxiété et de peur, et elle se mit à vomir. Pris de pitié pour la malade imaginaire, les policiers stoppèrent donc les fouilles et distribuèrent les petits triangles cuivrés servant de visa pour les voyageurs. Un autre groupe d'hommes grands et musclés arrivent. Ils prennent la malade sur leur brancard en cuir épais et la conduisent chez le guérisseur le plus proche.

Une dangereuse espionne était entrée dans le royaume de Zuniu se faisant furtivement passer pour une malade. Une lionne en peau d'agneau blessé et innocent avait infiltré le troupeau docile de Zuniu.

Au détour d'une ruelle serpentant la colline principale de la ville, Sirapa feignit un malaise et demanda de descendre pour aller aux toilettes. Elle put ainsi enlever en cachette le petit flacon enfoui dans la plaie et, en catimini, elle le déposa dans sa gibecière. Elle revint titubant et criant de douleurs, et les quatre transporteurs s'empressèrent et l'aidèrent gracieusement à monter sur sa civière. L'encourageant de leurs paroles, les quatre hommes déposèrent la malade après une demi-heure de marche.

Après le diagnostic du féticheur, seules une dose d'une potion à base d'herbes moulues et une infusion chaude aux racines locales suffirent à remettre Sirapa sur ses pieds. Elle passa seulement une semaine au lit et alla ensuite en convalescence dans une petite auberge au sommet de la colline. De la fenêtre de sa chambre, elle avait une vue imprenable de la grande ville, de la cour royale et d'autres belles collines environnantes. Chaque jour, elle mijotait son plan et n'attendait qu'une occasion pour passer à l'acte. Elle n'attendait plus qu'une opportunité pour faire boire au roi la boisson succulente.

Celle-ci ne tarda pas à venir. Un mois après l'hospitalisation de Sirapa, la tente du roi Miketo rendit l'âme des suites d'une longue maladie qu'aucun des féticheurs, sorciers et guérisseurs du royaume ne put soigner. Ce décès secoua le royaume car cette tante du roi, Princesse Fatuma était la chouchou de tous, y compris du roi lui-même qu'elle avait élevé comme une mère. C'est elle en effet qui avait appris au jeune prince Miketo l'art de la parole et bien d'autres pratiques et bonnes manières royales. L'annonce fut faite une nuit à partir de la cour royale. La trompette sonna bruyamment et ensuite une voix solennelle et grave communiqua la triste nouvelle qui fut ensuite relayée dans tous les coins et recoins du royaume par des messagers du roi. Les obsèques allaient avoir lieu vingt-sept jours après la mort de la princesse, son corps ayant été au préalable momifié et soigneusement emmaillotté dans du linceuil rare. Sirapa comprit tout de suite que son heure était venue et que l'opportunité tant attendue était enfin à portée de main.

Selon la coutume Zuniuite, la dépouille princière devait recevoir des honneurs royaux. Pour ce faire, le cortège funèbre de la princesse Fatuma passa donc dans toutes les ruelles de la grande ville, s'arrêtant par moments pour permettre au peuple en pleurs de rendre leurs derniers hommages à la disparue. Le roi et ses courtisans faisaient partie du cortège.

Lorsque le cortège arriva au sommet de la colline, tout près de l'auberge qui abritait Sirapa, le conducteur ordonna l'arrêt de la procession pour permettre à la foule d'exprimer ses dernières louanges. Tout le convoi s'arrêta net. Les charrettes et les chevaux stoppèrent. Et c'est là que, de la petite foule réunie autour de la deuxième charrette, une voix pure et éclatante sortit et s'imposa dans l'air. Tous ceux qui criaient et pleuraient se turent instantanément. La voix et la beauté de la chanteuse coupèrent le souffle. Pareille voix n'avait jamais été entendue dans la ville. Pareille beauté n'avait jamais été vue. Sirapa avait frappé. Elle portait une tunique éclatante et, pour la circonstance, elle chanta la bonté de l'illustre défunte et les prouesses de la dynastie des Miketo.

Lorsque la voix de Sirapa atteignit les oreilles du roi, ce dernier sortit sa tête du charriot pour voir la cantatrice. Son coeur cessa de battre pour un moment. Il avala une salive. Assise à sa droite, la reine qui l'accompagnait le remarqua. Le conducteur donna l'ordre à la procession de continuer. Le roi ne quitta pas Sirapa de ses yeux mouillés. Quand sa charrette arriva à hauteur de la jeune femme, leurs quatre yeux se croisèrent.

Cette nuit-là après les obsèques, Miketo ne dormit pas. Ni cette nuit-là, ni celle du lendemain. Il perdit l'appétit pour plus d'une semaine. L'on changea en vain cuisiniers après cuisiniers, l'on fit défiler en vain joueurs de flûte après joueurs de flûte; le roi restait inconsolable et commença à perdre de sa vigueur. Toute la cour royale pensa que le souvenir de princesse Fatuma était la cause de la lourde tristesse du roi, mais Miketo du fond de son coeur savait la vérité. Il savait qu'il était envoûté. Il savait que la voix et les yeux de Sirapa l'avaient ensorcelé. De son côté, tout comme un pêcheur patient qui attend que sa proie prenne le leurre, Sirapa se frottait les mains et comptait les jours qui lui restaient dans le royaume de Zuniu. Le délai approchait à grands pas. Elle commençait à entrevoir son retour les mains vides et le supplice qui lui serait infligé à Paraya. Elle languissait et guettait nuit et jour, caressant son flacon minuscule attaché par une corde à sa ceinture intime.

Et une nuit, trois jours avant la date fixée pour son départ, deux hommes arrivèrent à l'auberge. Ils cassèrent sa porte, lui couvrirent les yeux et la bouche et la transportèrent sur leurs dos à tour de rôle. Ils lui firent inhaler une fumée droguée pendant quelques secondes. Lorsqu'elle se réveilla plusieurs heures plus tard, Sirapa était sur une autre colline. Elle s'approcha de la fenêtre et elle put voir au loin l'auberge qui l'avait logée pendant trois mois. Elle regarda au bas de l'immeuble et promena ses yeux autour de la cour intérieure où des servants paissaient de grands chevaux et où des joueurs de flûte agrémentaient la journée des travailleurs. Sirapa avait été kidnappée et elle résidait dans une des chambres de la cour de Zuniu.

Tout à coup, deux jeunes femmes arrivent dans sa chambre et lui demandent de se dévêtir. Elles apportent quelques tuniques neuves et des éponges de bain. Elles transportent une cruche remplie d'une eau aromatisée qu'elles posent par terre. Sirapa demande d'aller aux toilettes derrière sa chambre. Là, elle enlève le flacon et le cache derrière deux pots de fleurs géants. Puis elle retourne dans la chambre et exécute toutes les consignes des deux émissaires. Elle enlève tous ses vêtements et les deux femmes lui donnent alors un bain chaud. Elles oignent ensuite son corps avec des huiles parfumées et la couvrent avec une tunique bleue.

Lorsque les deux laveuses sortent de la pièce, Sirapa s'en va derrière la chambre et récupère son flacon qu'elle rattache de nouveau à sa ceinture intime. Des heures passent. Sirapa fait les cent pas dans la chambre. La nuit tombe. Elle a faim et soif. Tard cette nuit, quelqu'un frappe à sa porte. Sa Majesté le roi de Zuniu, Miketo Neuf en personne. La jeune femme tombe à ses pieds et ne peut en croire ses yeux. Le roi lui tient l'épaule et la relève.

Les choses se passèrent vite, plus vite que prévu. Le roi connut Sirapa la même nuit. A la troisième nuit, le roi s'étant endormi sur le lit de Sirapa, la belle Parayite réussit à verser le liquide succulent dans la coupe du roi. Quand il se leva pour repartir dans la suite royale, Sirapa lui proposa la coupe pour le désaltérer. Miketo Neuf la prit et il but d'un trait. Ses yeux s'ouvrirent grandement. Il regarda la jeune femme en extase tout en tournant sa langue sans arrêt. Jamais auparavant, il n'avait rien bu de pareil. Il donna un baiser à Sirapa et sortit.

Les heures qui suivirent changèrent complètement la destinée de Zuniu, de Miketo et de Sirapa.

Le lendemain matin, une série de nouvelles secouèrent le royaume. D'abord, aux toutes premières heures, le roi de Zuniu répudia sa belle épouse, la reine Salima sans fournir aucune explication. Deux décrets royaux annoncèrent ensuite respectivement la fin de la livraison des vivres aux habitants du royaume et la fermeture de toutes les écoles traditionnelles qui inculquaient aux enfants Zuniuites les moeurs et les coutumes de leurs ancêtres. Deux autres décrets pris très tard le même jour édictèrent la démolition de tous les sanctuaires religieux et l'édification de prisons sur chaque colline. Ces décrets étaient assortis de menaces de torture et de mort à toute personne qui critiquerait le roi ou ses nouveaux règlements. Et comme si cela ne suffisait pas, peu avant le coucher du soleil, Miketo Neuf prit en mariage Sirapa, balayant du revers de sa main toutes les traditions protocolaires requises. Un petit banquet fut offert à la terrasse centrale de la cour à la surprise de tous les courtisans. Le roi -pour être poli- avait sa tête ailleurs.

Comme neige au soleil, la réputation du roi Miketo Neuf fut entamée. À l'intérieur comme à l'extérieur de Zuniu, les cris de lamentation et de mécontentement montèrent d'un cran, mais personne n'osait critiquer le roi ou ses décisions en public. Le peuple de Zuniu devint la risée des autres royaumes.

Comme il fallait s'y attendre, la colère de Kabesyampungu et le courroux des ancêtres ne se firent pas attendre.

Le premier mois de la saison pluvieuse arriva. Aucune goutte ne tomba du ciel. Le royaume espéra la pluie le mois suivant, mais l'attente se révéla vaine. Au quatrième mois, toutes les rivières s'asséchèrent. Les collines connues pour la verdure de leurs flancs devinrent jaunâtres et pâles. Le bétail commença à mourir, les fermes et les plantations jadis prisées se vidèrent de leurs travailleurs et de leurs animaux. L'infime production qui restait était destinée à nourrir seuls le roi, la reine et leurs soldats, sans oublier les cargaisons que la nouvelle reine expédiait en contrebande vers Paraya, son royaume d'origine.

Trois ans de sécheresse totale passèrent. Les enfants mourraient comme des mouches. Les femmes de Zuniu étaient obligées de traverser les frontières et aller mendier l'eau et la nourriture dans les royaumes voisins. Kabesyampungu, le Dieu de Zuniu, prit pitié. Un jour, une femme du Sud de Zuniu découvrit miraculeusement une source d'eau près de sa maison pendant qu'elle nettoyait sa cour et piochait autour des arbres. Ce village du Sud du royaume du nom de Nomi était situé à douze heures de marche de la grande ville.

Lorsque le roi Miketo apprit la bonne nouvelle, il instruisit ses sbires d'aller inspecter et encercler la source fraîchement découverte. Une ordonnance royale suivit et requit que chaque jour vingt familles apportent chacune deux outres d'eau à la cour du roi. Les familles qui n'arriveraient pas à livrer la quantité d'eau exigée se verraient obligées de refaire l'exercice le lendemain. Une liste circula à travers le royaume, avec les noms des familles et leurs dates respectives pour ce service d'eau. Par la même occasion, le roi décréta la fermeture des frontières du royaume.

Les premières familles inaugurèrent donc le service d'eau pour la cour royale. Douze heures de marche de Nomi à Mileka, la grande ville. Les femmes arrivaient éreintées et certaines abandonnaient leurs outres en plein milieu de ce qui était devenu le désert de Zuniu. La chaleur accablante, les collines aux flancs impitoyables, tout de ce parcours était un vrai calvaire. Au moment où les familles atteignaient la grande colline de Mileka, les outres étaient presque complètement asséchées et vidées de leur contenu. Pour y pallier, les familles troquaient leurs objets de valeur et des hommes musclés acheminaient ainsi les outres d'eau pour ces familles en courant à toute allure pour éviter que les températures caniculaires n'assèchent les outres. Les familles qui n'avaient ni hommes forts ni objets à troquer, devenaient ainsi comme des esclaves, obligées de se rendre à Nomi et de remonter les collines de Mileka jusqu'à ce qu'elles remplissent leurs outres pour le roi. Elles avaient un mois pour finir leur tâche, faute de quoi leurs fils aînés étaient pendus en public.

Mère de deux jumeaux, Atosha était enceinte de deux mois. Ses enfants, Kisimba et Kamona, avaient quinze ans. Atosha, fille de Kyesa, et son mari Shabani, fils de Mateso, avaient attendu quinze ans pour cette nouvelle et seconde grossesse. Quand la belle Atosha annonça la bonne nouvelle à son mari et à ses proches, ce fut une surprise et une fête pour la famille. Celle qui avait perdu tout espoir de maternité avait miraculeusement conçu et attendait famille. Sur la route vers Nomi où il se rendait pour annoncer la nouvelle à sa mère, Shabani fut mordu par un serpent venimeux et succomba à la morsure fatale. Cette mort était une épée dans le coeur de Atosha. Elle était donc désormais veuve, mère de deux jumeaux et elle attendait un enfant.

Atosha savait que le service d'eau l'attendait. La date approchait à pas de géant. Elle savait aussi qu'il n'y avait pas d'excuse ni d'échappatoires. Enceinte ou pas, malade ou bien portant, tout le monde devait passer par le supplice des outres asséchées. Lorsqu'arriva le tour de sa famille, ce jour J devint un jour sombre. Il devint un jour-cauchemar.

Très tôt ce matin-là, elle appela ses deux enfants dans sa bicoque. Elle informa les jumeaux que la journée allait être pénible et qu'il n'y avait aucune assurance qu'ils arriveraient à livrer les outres d'eau au roi sanguinaire et inhumain. Elle demanda à Kisimba et à Kamona de garder leur sang-froid tout au long de l'épreuve. Les deux adolescents pleuraient déjà. Des histoires atroces et macabres survenues sur la route de Nomi, ils en avaient entendu des centaines.

Atosha et ses enfants descendent à la source de Nomi. Un petit chemin sinueux et boueux les y conduit. Ils se font aider par quelques hommes pour remplir les cruches et les outres. Les gardes de la source s'apitoient sur leur sort. La mère et ses enfants mettent les outres sur leurs têtes, ils commencent leur marche dans le désert et se dirigent vers Mileka, la grande ville du roi. La journée sera longue, chaude et humide. Vers la sixième heure, le soleil est au zénith et les outres sont presque à moitié vides. La panique s'empare de la maman et des jumeaux. Autour de la neuvième heure, Kisimba qui perd ses forces heurte une petite termitière ensablée et tombe par terre. Dans sa chute, l'outre qu'elle avait sur sa tête échappe à ses doigts frêles et la petite quantité d'eau qui y restait s'en échappe. Mère Atosha prend son outre et désaltère sa fille. Les enfants commencent à pleurer de peur et d'appréhension. Il devient clair que ce sera mains bredouilles que la famille arrivera à Mileka.

C'est à ce moment-là que Kabeshampungu et les ancêtres décident d'intervenir et de parler à Atosha. Ils lui demandent de commencer à pleurer sans arrêt. “Continuez à marcher et à pleurer, mais gardez vos larmes dans les outres”, une voix lui dit. Elle ne comprend rien, mais elle obéit et elle demande aux jumeaux de faire pareil. Ainsi, la maman et les enfants se mettent à pleurer à grands cris et leurs larmes coulent à flot jusque dans les outres. Lorsqu'enfin ils atteignent le palais à Mileka, leurs outres sont toutes remplies du liquide salé.

Lorsque l'on servit ce liquide à boire au roi, il en goûta et fut étonné. Jamais il n'avait bu d'eau aussi limpide et aussi finement salée. Ayant pris une deuxième gorgée, Miketo

Neuf demanda tout de suite de voir la porteuse. On fit entrer Atosha dans le palais royal. Grande, ébène, cheveux crépus et corps tout suant, elle s'agenouilla avec ses deux enfants devant un roi visiblement impressionné et curieusement attendri. Il demanda à la mère et à ses enfants où ils avaient puisé de cette eau limpide et sapide. À quoi l'interrogée répondit que c'était d'une source mystérieuse que son Dieu et ses ancêtres lui avaient montrée en songe. Le groupe de laveuses prirent la famille pour un bain aux parfums de valeur. Atosha et sa progéniture n'allaient plus quitter le palais royal. Deux jours après, Miketo Neuf prit Atosha comme deuxième épouse.

Le roi commença doucement à revenir à la raison. Il traitait Sirapa et sa nouvelle co-épouse avec justice, donnant à l'une comme à l'autre le même traitement et les mêmes faveurs. Cependant, la jalousie et les tensions naquirent au palais entre les deux femmes du roi. Cette jalousie atteignit le pic lorsque Atosha donna naissance à son fils que le roi attendait et aimait comme le sien. En fait, il était convaincu que la grossesse était la sienne.

Après trois ans de cohabitation et de paix relative, un conflit éclata entre Atosha et la jeune femme Sirapa. Sirapa cherchait à empoisonner le roi Miketo pour qu'elle devînt reine. Ayant découvert ce projet macabre, Atosha commença à protéger le roi. Un jour, un combat se déclencha entre Atosha et Sirapa. Dans l'affrontement, Kisimba, la fille jumelle de Atosha, leva l'épée pour tuer la rivale de sa mère. Elle était sur le point de poignarder Sirapa quand ses mains furent miraculeusement immobilisées dans l'air. Les dieux rendirent par contre Sirapa miraculeusement aveugle et paralysée. Atosha révéla le projet de Sirapa et elle demanda qu'on renvoie la femme dans son pays natal de Paraya. Le fils de Atosha, Kamona, de son côté alla dans la chambre haute et décapita le roi Miketo. Automatiquement, il perdit magiquement ses deux bras pour avoir versé le sang d'un fils de Zuniu. C'est ainsi que Atosha devint la nouvelle reine de Zuniu. Le royaume reprit son cours normal. Le Dieu de Zuniu ramena la pluie après les années de sécheresse. La réputation de Zuniu fut restaurée.

Voici le discours que la Reine Atosha de Zuniu fit le jour de son investiture:

"Enfants, femmes et hommes de Zuniu. Un fils de Zuniu est parti. Notre roi est mort. Miketo Neuf a été abattu ici dans son palais la semaine dernière. Ma peine de voir son sang versé n'est surpassée que par l'espoir de voir le futur de notre royaume enfin ressuscité. Mes larmes ne sont asséchées que par les mains des enfants de Zuniu qui sont prêts à reconstruire la terre de leurs ancêtres.

Laissez-moi vous le promettre: Ce qui s'est passé ici ces dernières années ne se reproduira plus jamais. Nos ancêtres ne seront plus jamais déshonorés, notre Dieu ne sera plus jamais méprisé. Plus jamais le peuple ne sera humilié. Plus jamais les femmes de Zuniu ne seront écrasées. Plus jamais le sang de nos enfants ne sera versé. Plus jamais nos hommes ne mendieront. Plus jamais.

Nous condamnons les violences qui ont sévi ici, mais nous pardonnons à tous les auteurs et commanditaires de ces atrocités qui ont dévisagé notre royaume.

Que s'est-il passé? Comment en sommes-nous arrivés là? Comment notre royaume est-il passé de la gloire à la désolation, de l'abondance à la misère? C'est le mépris du roi pour le trône. C'est l'irrespect de notre roi pour nos lois et nos coutumes. C'est sa recherche effrénée du lucre et des joies éphémères. C'est aussi ce liquide succulent venu d'ailleurs. Tout ceci a tué l'amour et la compassion du roi pour son peuple. Ne l'oubliez jamais. Les mêmes affres se reproduiraient si nous fermions nos yeux sur cette page de notre histoire.

Aimons et respectons ce que nous sommes. Préservons et respectons ce que nous avons hérité de nos ancêtres et qui appartient aux enfants qui ne sont pas encore nés. Enseignons le respect à nos enfants. Bâtissons des familles où règne le respect pour tous. Et restons unis comme un peuple.

Respect et Compassion! Respect et Compassion! Respect et Compassion!"

Le peuple répéta après la reine: "Respect et Compassion! Respect et Compassion! Respect et Compassion!"

La Reine Atosha régna pendant trente ans. Elle basa son gouvernement et toutes ses décisions sur la compassion et le respect du peuple. Ce que les familles demandaient, elle le leur accordait avec joie. Le royaume prospéra et tout le peuple chantait la bonté de la reine. De loin, des délégations venaient à Mileka pour demander conseils à la reine sage et compatissante. A la mort de Atosha, sa fille Kisimba prit les rennes du pouvoir et lui succéda.